오십,
자기 철학이
필요한 나이

이서원 지음

땡스B

들어가는 글

스스로 질문하는 사람은 누구나 철학자다

어디를 가든 반환점이 있다. 더 계속 갈 수는 없는 지점. 그곳이 반환점이다. 인생의 반환점은 오십 세쯤 된다. 그전까지 세상의 이유로 살던 사람들이 오십 세가 넘어가면 나의 이유로 살고 싶어 한다. 몸도 예전 같지 않지만, 무엇보다 이제는 어딘가에, 누군가에 맞춰 살고 싶지 않기 때문이다.

그 지점에 이르면 사람들은 문득 세상에 나 혼자 있는 외로움과 쓸쓸함을 마주하게 되면서, 두 부류로 나뉜다. 과거를 낙타처럼 되새김질하며 후회 속에 머무는 사람과 새롭게 피어나는 꽃송이처럼 '이젠 나도 살아야지'

희망 속에 사는 사람으로. 누군들 희망 속에 살고 싶지 않겠는가. 하지만 희망 속에 살고 싶다는 소망만으로 그렇게 살 수 있는 건 아니다. 어떻게 살아야 희망을 품을 수 있는지 그 방법을 모르기 때문이다.

철학은 바로 그 지점에서 시작된다. 삶의 기본을 건드리는 질문들에서 말이다.

'나는 무엇을 위해 살아왔는가.'

'나는 무엇을 위해 살 것인가.'

오십에 가까워지면 한 번도 던져보지 않았던 질문들이 나지막하게 다가오기 시작한다. 질문을 던지면, 답하지 않을 수 없다. 그러니 오십이라는 나이 언저리에 있는 우리는 저마다 자기 삶에 의미 있는 질문을 던지는 철학자다.

나 역시 여느 오십 대와 다르지 않다. 지나온 삶에 묻고, 다가올 삶을 향해 다시 질문하며 인생 반환점을 돌았다. 그리고 산길을 가다 발부리에 툭툭 걸리는 흙 위로 솟은 나무뿌리처럼, 마음속에 걸리는 질문과 대답을 투닥투닥 적어나가기 시작했다. 지나고 보니 그 글은 어느새 책 한 권이 되어 있었다.

그동안 책이 출간될 때마다 나는 스스로에게 물었다.

'누구를 위해 책을 쓰는 거지?'

어느 순간 알게 되었다. 그 '누구'란 바로 '나'라는 것을. 나에게 묻고 내가 대답한 글이 책으로 나왔을 때 가장 설레는 사람은 언제나 나 자신이었다. 내가 나를 설득할 수 있을 때, 내 글을 읽는 누군가도 고개를 끄덕인다는 것을 비로소 깨닫게 되었다.

오십은 질문을 먹고 살아야 하는 나이다. 그리고 그 질문은 언제나 철학적일 수밖에 없다. 어느 영화에서 오늘의 날씨를 '죽기 딱 좋은 날'이라고 표현했듯, 오십은 이렇게 표현할 수 있을 것 같다. '철학하기 딱 좋은 나이'라고.

이 책이 오십을 앞두었거나 막 지나고 있는 이들에게 스스로 질문을 던지게 하는 마중물이 되기를 바란다. 그리하여 그 이후의 삶이 온전히 '나의 삶'이 되기를. 부디 나도, 당신도 나다운 삶으로 세상을 반짝이게 하는 오십대를 보내기를 소망한다.

차례

5장 [물들이기]

나의 색으로 세상을 물들여가는 만족

1장

[안아주기]

자신을
돌아보는
용기

이번 생은
망했다는 착각

우리가 살아가면서 자기 자신에게 저지를 수 있는 가장 큰 죄는 무엇일까. 소설《브람스를 좋아하세요…》에는 사람이 저지를 수 있는 세 가지 죄에 대한 이야기가 나온다. 젊은 변호사인 시몽은 주인공 폴을 향해 이렇게 말한다.

"그리고 당신, 저는 당신을 인간으로서의 의무를 다하지 않았다는 이유로 고발합니다. 사랑을 스쳐 지나가게 한 죄, 행복해야 할 의무를 소홀히 한 죄, 핑계와 편법과 체념으로 살아온 죄로 당신이 죽어 마땅하다고 생각합니다. 당신에게는 사형을 선고해야 마땅하지만, 그 대신 고독 형을 선고합니다."

이 세 가지 죄 가운데 오늘날 우리에게 와닿는 것은 '핑계와 편법과 체념으로 살아온 죄'다. 소설 속 시몽의 말에 따르면, 남의 기준을 받아들여 '이번 생은 망했다'고 체념하며 살아가는 죄는 사형에 해당되는, 평생 고독 형을 선고받아야 하는 중범죄다. 그렇다. 이번 생은 망하지 않았다. 다만, 내가 '망했다'는 생각에 갇혀 스스로에게 평생 고독 형을 선고하고, 슬프고 쓸쓸하게 살아가고 있을 뿐이다. 망한 삶은 없다. 삶이 망했다고 믿는 사람만 있다.

옛날 어느 고을에 '하나 더하기 하나'의 답이 '둘'이라고 하는 사람과 '셋'이라고 하는 사람이 서로 옳다고 다툼을 벌였다. 점점 언성이 높아지더니 싸움은 주먹다짐으로 번졌고, 결국 두 사람은 고을 원님 앞에 서게 되었다. 원님은 사정을 모두 들은 후 하나 더하기 하나가 둘이라고 말한 사람에게 유죄를 선고했다. 그 사람이 억울해하며 "옳은 답을 말했는데 왜 내가 죄인이냐"고 따졌다. 그러자 원님이 말했다.

"저렇게 말도 안 되는 사람과 시간을 낭비하며 싸운 죄는 인생 허비 죄에 해당한다."

'이번 생은 망했다'고 생각하는 사람 역시 마찬가지다. 말도 안 되는 생각과 싸우느라 인생을 허비하는 죄를 짓고 있는 것이다. 그런 생각에 사로잡혀 자신이 행복할 의무를 소홀히 한 죄에 대한 벌은, 결국 그 생각을 품은 내가 오롯이 감당하게 된다.

스탠퍼드대학교 폴 킴Paul Kim 교수는 한국에서 초중고를 다니다 미국으로 유학을 떠났다. 그에게 한국에서의 학창 시절은 '이번 생은 망했다'라는 말이 나올 만한 시간이었을지 모른다. 꼴찌에 가까운 성적을 받았기 때문이다. 그럼에도 불구하고 그는 그런 생각을 하지 않았다. 대신 스스로에게 물었다.

'왜 나는 공부를 잘하지 못하는가.'

그는 그 질문에 대한 고민을 하다가 자신이 공부에 흥미가 없다는 걸 깨달았다. 그래서 다시 물었다.

'왜 공부에 흥미가 생기지 않는가.'

그리고 마침내 한 가지 사실을 발견해냈다. 자신이 하는 공부에 '질문이 없다'는 것이었다. 질문 대신 암기만 있는 공부, 내가 궁금해하는 것을 알아가는 게 아니라 남이 만들어놓은 것을 외워가는 공부라서 도무지 흥미가 생기지 않았다는 사실을 알게 되었다.

'내 공부가 아니라서 흥미가 생기지 않는 거구나. 남의 공부를 내가 하려니 잘할 수 없었던 거구나.'

그런 깨달음을 통해 그는 새로운 공부를 찾아 미국으로 유학을 떠날 수 있었다.

만약 폴 킴 교수가 낮은 성적에 좌절하고, 대학 입시에 실패하여 우울과 체념의 시간을 보냈다면 어땠을까. '이번 생은 망했다'는 생각에 사로잡혀 인생을 허비하는 삶을 살았을지도 모른다. 그가 이 시대 우리에게 하나의 모델이 되는 것은 그의 두뇌가 뛰어나거나 노력이 남달랐기 때문이 아니다. 근본적인 질문을 던졌다는 데 있다. 그는 '세상이 규정한 내가 진짜 나인가'를 묻고 또 물었다.

끊임 없는 질문은 결국 명답으로 우리를 이끈다. 그의 질문은 다음과 같이 한 문장으로 요약할 수 있다.

"나는 지금 내 공부를 하고 있는가?"

이 질문 하나로 그는 공부도 못하고 앞날이 암담하다고 여겨지던 소년에서, 마음껏 자기 공부를 할 수 있고 앞날이 열려 있는 소년으로 변할 수 있었다. 여기서 '공부'라는 단어 대신 '삶'이란 단어를 넣으면, 지금 우리에게 필요한 질문이 된다.

"나는 지금 내 삶을 살고 있는가?"

이 질문을 스스로에게 던져보자. 그럼 우리는 오늘부터 전혀 다른 삶을 살 수 있다. 다른 사람과 세상이 만들어놓은 틀에서 벗어나, 내가 만들어가는 삶을 살아갈 수 있다.

남들이 정해놓고 서열을 매기는 삶 속에서는, 어릴 적 폴 킴 교수가 그랬듯 '이번 생은 망했다'라는 말을 반복할 수밖에 없다. 그러나 기준을 바꾸면 삶도 달라진다. 다른 사람들 눈에는 하찮게 보일지라도 내 선택으로 만들어가는 삶은 나에게 있어 가장 빛나는 삶이다. 내가 포기하지 않는 한 누구도 내 삶을 포기하게 만들 수 없다. 세상의 편견에 굴복해 체념하지 않는 이상 이번 생은 절대로 망한 게 아니다.

왜 나만
제자리일까?

몇 해 전, 제자 하나가 소식을 전해왔다. 남편과 함께 제주에 게스트 룸이 딸린 멋진 전원주택을 짓고, 텃밭을 일궈 유기농 채소를 먹고, 맑고 푸른 공기를 누리는 삶을 살기 시작했다는 것이다. 제주에 내려올 일 있으면 꼭 한 번 들르라는 초대까지 받자, 나는 내심 팔자 좋은 제자가 몹시 부러웠다.

누구는 여기저기 돈 벌러 다니느라 힘들어 죽겠는데, 누구는 제주에서 팔자 좋은 삶을 살고 있으니 부러움을 넘어 아무 잘못도 없는 제자가 은근히 밉기까지 했다.

'어디 내가 가나 봐라. 가면 배 아플 게 뻔한데, 내가

거길 왜 가.'

나는 속으로 가지 않으리라, 고약한 다짐을 했다.

그러다 제자들과 수년째 이어온 단톡방에서 고단한 제주살이 이야기를 듣게 되었다. 날마다 풀과의 전쟁을 치르고 있단다. 하얗던 얼굴은 시커멓게 변했고, 생일 선물로 제초기를 원하는 이상한 아내가 되어버렸다. 모진 바람에 정원수가 꺾여 부러지고, 애써 가꾼 정원은 아수라장이 되었다. 도시 사람이라는 이유로 텃세를 부리는 동네 사람들과 묘한 갈등에 시달렸고, 이웃과 말도 안 되는 일로 자꾸 마음이 상하곤 했다. 기르던 개는 자주 아팠고, 사람들은 미리 양해도 구하지 않은 채 서울에서 들이닥쳤다. 그렇게 곤혹스러운 수발의 날들을 보내는 중이라고 했다.

요즘은 '내가 왜 제주에 와서 이 생고생을 하고 있나' 싶어 풀을 뽑으며 긴 한숨을 내쉬곤 한다는 글을 보며, 그녀를 시샘한 나를 반성했다. 제대로 알고서나 미워할걸. 잘 알고서나 부러워할걸. 그녀는 그림처럼 살겠다며 서울을 떠날 때와 마찬가지로, 제주에서도 여전히 다른 이유로 힘들어했다.

그 순간 하상욱 시인의 "나만 힘든 줄 알았다. 다들 안 알려준 거다"라는 짧은 시가 생각났다. 사람들은 자기 힘든 이야기를 좀처럼 꺼내지 않는다. 힘든 이야기를 해봤자 남의 입에 오르내리는 화젯거리나 될 뿐, 정작 자신에게는 별 도움이 되지 않았던 경험 때문일 것이다.

그러다 보니 깊지 않은 만남에서는 감각적으로 즐거웠던 이야기들만 오간다. 무엇보다 SNS 게시물을 보고 있노라면, 나만 멕시코 칸쿤에 못 간 것 같고, 스페인 산티아고 순례길을 걷지 못한 것 같은 생각이 든다. 문득 '왜 나만 이렇게 살고 있나' 하는 물음이 스치고, 내 삶이 싫어지는 데서 그치지 않고 이렇게 시시한 삶을 사는 나 자신까지 싫어진다.

그런데 즐거운 이야기를 주고받던 사람과 내밀한 속마음을 나누는 깊은 사이가 되면, 전혀 다른 이야기들이 흘러나오기 시작한다. 칸쿤에 갔을 때 친구들 사이에서 마음이 상했던 일부터 그 여행을 위해 돈을 모으느라 힘들었던 일, 계속 누군가에게 돌봄을 부탁해야 했던 반려견과의 슬픈 이별까지, 크고 작은 힘든 일들이 한 보따리 와르르 풀려 나온다. 거기다 성격이 맞지 않아 여행 때마다 사사건건 부딪치는 엄마 이야기까지 더해지는 순간, 그렇게 부럽기만 했던 그녀가 안쓰럽게 느껴지기까지 한다. '나만 힘들 게 사는 게 아니었네' 싶어 그제야 스스로를 싫어했던 나에게 미안해진다.

'다 비슷하구나. 그런데도 힘든 내색을 하지 않았던 거구나. 정말 말을 하지 않아서, 나만 힘든 줄 알았구나.'

그런 진짜 깨달음이 온다.

사는 건 다 거기서 거기다. 다들 그럴듯하게 사는 척하는 것뿐, 그 껍데기를 벗겨내면 불안과 후회와 두려움 속에서 오들거리다가도 즐거움 한 조각에 의지해 오늘을 간신히 버티는 초라한 자화상이 드러난다. 나만 시시하게 사는 게 아니다. '나도' 시시하게 사는 것이다. 나만 제자리인 게 아니다. '나도' 제자리인 것이다. 나도 힘들고, 나도 시시하고, 나도 제자리라는 것을 알아차릴 때의 위안은, 나만 그렇다고 여길 때 느끼는 그것과는 차원이 다르다.

"괜찮아. 너만 그런 게 아니야. 다 그래."

나를 다독이며 따스하게 감싸안아주는 깊은 위안이 자기 자신을 향할 때, 비로소 우리는 즐거운 삶으로 나아갈 수 있는 스타트라인에 서게 된다.

"그래, 한번 가보는 거야. 다들 같은 처지인데, 나 혼자 너무 잘나갈 필요 없어. 천천히 아주 작은 하나라도 이루어나가면 돼. 그거면 충분한 거야."

제자는 가끔 서울이 그립다고 했다. 그 말을 들은 뒤로 나는 가끔 제주가 그리워졌다. 그리고 제주에 갈 일이 생기면 풀 뽑는 데 도움이 될 제초제라도 하나 사서 찾아가고 싶다는 마음이 들었다. 제자의 제주살이는 나만 제자리에 서 있는 게 아니라는 걸 알게 해주었고, 그 덕분에 나의 서울살이가 덜 팍팍해졌다. 요즘 나는 조금 더 즐겁게 하루하루 잘 살아가고 있다.

우리는 모두 제자리 뛰기를 하며 산다. 그래도 괜찮다. 제자리 걷기도 나쁘지 않다. 그러다 아주 살짝 한 걸음만 앞으로 내디뎌도 된다. 그게 큰 걸음이다.

흔들려야
추락하지 않는다

깊은 밤, 낯선 인기척에 잠이 깬 아내가 옆에서 자고 있던 남편을 흔들어 깨웠다.

"여보, 도둑이 들었나 봐. 밖에 사람이 있는 것 같아."

남편이 눈을 동그랗게 뜨고 말했다.

"들어오기만 해봐라."

인기척이 더 가까워지자 아내가 다급하게 말했다.

"여보, 집 안으로 들어왔나 봐."

남편이 눈을 더 크게 뜨며 말했다.

"훔쳐가기만 해봐라."

잠시 후, 부스럭거리는 소리에 이어 문소리가 들려왔다.

"여보, 훔쳐서 나가나 봐."

남편이 길게 한숨을 쉬며 말했다.

"다시 오기만 해봐라."

남편은 도둑을 잡지 않은 걸까, 아니면 잡지 못한 걸까. 상황을 살펴보면 잡지 못했을 가능성이 크다. 왜 잡지 못했을까. 겁이 났기 때문이다. 자칫 흉기를 든 도둑에게 상해를 입을지도 모른다는 생각에 아예 나설 엄두를 내지 못했을 것이다.

살다 보면 남편처럼 당연히 나서야 할 상황에서도 잡을까 말까 망설이며 흔들릴 때가 있다. 그것은 "다시 오기만 해봐라"라고 말하던 남편처럼 결국 자신이 없기 때문이다. 남편이 도둑과 맞설 자신이 있었다면 용감하게 거실로 나갔을 것이다. 그러나 자기 실력에 자신이 없었기에 감히 나서지 못했고, 대신 말로만 덜 무서운 척했다. 남편이 흔들린 이유는 도둑 때문이 아니다. 자기 실력에 대한 믿음의 부재 때문이다.

30대 초반에 처음 자가용을 갖게 된 나는 무식하면

용감하다는 말처럼 무작정 차를 몰고 강원도 산속으로 들어갔다. 포장길을 따라 산 중턱까지 가는 데는 아무 어려움이 없었다. 그런데 갑자기 소방도로 같은 가파른 산길이 나타나자 후회가 밀려왔다. 순간 올라갈까 멈출까 망설이다 마침내 결심했다.

'올라가보자. 설마 죽기야 하겠어?'

그렇게 마음먹고 가파른 경사로를 향해 나아갔지만, 채 1분도 지나지 않아 윙윙 헛바퀴 도는 소리가 들렸다. 순간 온몸에 소름이 돋고 식은땀이 났다. 차가 그대로 산 아래로 굴러떨어질 것만 같았다. 나는 시동을 끄지도, 앞으로 가지도 못한 채 식은땀만 흘리고 있었다. 그때 운전석 창문을 두드리는 소리가 들렸다. 창문을 내리자, 중년 아저씨가 인상을 잔뜩 쓴 채 말했다.

"이봐요, 지금 정신이 있는 거요? 빨리 내려요."

나는 후들거리는 다리로 차에서 내렸다. 아저씨는 곧장 운전석에 올라타더니 능숙한 손놀림으로 백미러를 확인하면서 내가 올라왔던 가파른 길을 후진해 내려갔다. 그리고 포장된 길까지 안전하게 도착한 뒤, 정신이 반쯤 나간 나에게 말했다.

"내가 택시기사 아니었으면 당신 죽었어. 다시는 이런 짓 하지 마쇼."

연신 고개만 조아리는 나에게 아저씨는 어깨를 툭 치면서 말했다.

"이런 길은 운전 고수도 겁내는 길이요. 살았으니 됐네요."

그날 아저씨를 만난 것은 천운이었다. 만약 그를 만나지 못했다면 산길에서 차가 전복돼 추락했을 것이고, 나는 지금 이 세상에 없을지도 모른다. 나는 그날의 경험을 통해 흔들림과 만용이 종이 한 장 차이라는 것을 알게 되었다. 우리는 감각적으로 위험하다는 판단이 서면 흔들린다. 그 흔들림은 생존을 위한 자연스러운 몸의 반응이다. 이 신호를 무시할 때 만용이 생긴다. '죽기야 하겠어?'라는 마음, 그것이 만용이다. 그러므로 흔들릴 때는 자기 자신이 감당하기 어려운 상황이라는 것을 빨리 인정하고 물러설 줄 아는 자세가 필요하다. 스스로 이

위급한 상황을 넘어설 만큼 준비되지 않았고 그럴 능력도 없다는 사실을 받아들이는 것이다. 이런 자기 수용이 있을 때 흔들림은 나를 살리고 상황을 안전한 쪽으로 이끄는 좋은 약이 된다. 흔들리는 것은 흠이 아니다. 흔들리지 않으려고 고집을 부리는 것이 흠이다. 흔들려야 할 때는 흔들려야 한다.

살다 보면 '나는 왜 이렇게 흔들리는 걸까?' 하고 회의감이 들 때가 있다. 그럴 때 건강하게 대처하는 방법은 흔들리지 않으려고 애쓰는 것이 아니라, 흔들리는 나를 인정하고 받아들이는 것이다. 부정적인 감정은 빨리 처리하려고 하면 할수록 탈이 나기 쉽다. 따라서 아주 천천히 생각하고 반응해야 한다. 그래야 실수가 없고, 문제가 생기지 않는다.

줄기가 굵고 단단한 나무는 바람에 흔들리지 않는다. 반면 가늘고 약한 줄기를 가진 나무는 작은 바람에도 휘청거린다. 약하기 때문에 흔들릴 수밖에 없는 것이다.

줄기가 굵고 단단해질 때까지, 지금 자신의 가늘고 약한 줄기를 받아들이고 버티며 조금씩 자라야 한다. 그것이 덜 흔들릴 수 있는 방법이다.

지금 내가 어떤 일이나 사람 때문에 흔들리고 있다면, 내 마음의 줄기가 얼마나 굵고 단단한지를 돌아볼 좋은 기회다. 아직 여리고 약하다면 그 흔들림을 반가워해도 좋다. 더 크라는 신호이기 때문이다. 내가 더 단단해질수록 흔들림은 자연히 잦아들 것이다.

오십쯤 되면
삶이 쉬워질 줄 알았다

106세가 된 김형석 교수님 곁에는 강의를 도와주는 80대 후반의 선생님이 계신다. 어느 날 강의를 시작하려는데 준비물 하나가 보이지 않자, 교수님이 그 선생님을 향해 한마디 하셨다.

"아, 거 젊은 사람이 왜 그래."

몇 살이 되어야 우리는 어른이 되는 걸까. 80대 후반이 젊은 사람이라면 평생 어른이 되는 일은 불가능할지도 모른다. 나이를 기준으로 아이와 어른을 나누는 것이 점점 어려워지는 세상이다. 평균 수명이 늘어난 지금, 스무 살이 넘으면 어른이라는 오래된 생각은 점점 힘을 잃어가고 있다.

'새 포도주는 새 부대에' 담아야 한다는 말처럼, 새로운 시대에는 그에 걸맞은 새로운 어른 상이 필요하다. 어릴 적 나는 삶이 힘든 이유가 아직 어리기 때문이라고 생각했다. 어른이 되면 사는 게 한결 쉬워질 줄 알았다. 그런데 그건 순진한 생각이었다. 삶의 어려움이, 어릴 때는 살짝 맛보는 정도였다면, 어른이 된 뒤에는 본격적으로 시작되어 눈덩이처럼 커지고 단단해졌다. 그 눈은 잘 녹지도 않았고 오래오래 남았다.

나이를 오십 정도 먹어도 삶이 쉬워지는 게 아니라 더 어려워진다면 이유는 간단하다. 몸만 어른이 되었기 때문이다. 정신이 어른이 되어야 삶이 쉬워진다. 정신은 그대로인데 몸만 자라면, 복잡한 문제들은 더 어렵게 느껴진다. 그래서 삶이 더 힘들 수밖에 없다.

정신의 깊이를 판단할 수 있는 기준 가운데 하나는 '내 생각만 하느냐, 아니면 다른 사람 생각도 하느냐'다. 내 생각만 하면 아이고, 다른 사람 생각도 하면 어른이다. 아내가 몸살로 앓아누운 저녁, 퇴근한 남편이 아내의 모습을 보고도 "나 배고파죽겠어. 저녁은 어떻게 해?"라고 묻는다면 아이이다. 자기 배고픈 것만 생각하기 때문이다. 남편의 나이가 몇 살이든 정신연령은 일곱 살 아이인 것이다. 이런 경우, 남편은 아무리 어른이 돼도 아내로부터 좋은 소리를 듣기 어렵고, 이런저런 불편과 어려움을 겪으며 살 수밖에 없다. 반면 이 집 중학생 딸이 아픈 엄마를 보고 "엄마, 약은 먹었어?"라고 물어보고 집에 있는 컵라면으로 혼자 저녁을 챙겨 먹는다면, 그 딸이야말로 이미 어른이다. 자기의 배고픔을 느끼는 동시에 엄마의 아픔을 생각할 줄 알기 때문이다.

우리 사회에는 몸만 어른인 사람이 많다. 그래서인지 자기만 생각하는, 아이의 정신을 지닌 사람들이 서로 부딪치다 보니 별의별 갈등과 문제가 끊이지 않는다. 어른이라면 다른 사람의 처지를 헤아릴 줄 알아야 한다는 이 사실만 이해해도, 사람들과 부딪치는 일이 눈에 띄게 줄어들 것이다.

정신의 깊이를 판단할 수 있는 또 다른 기준은 '다른 사람을 이기려고 하느냐, 아니면 다른 사람에게 배우려고 하느냐'다. 다른 사람을 이기려 들면 아이고, 배우려 하면 어른이다. 30년간 어린이집을 운영한 한 원장은 아이들을 한 번도 울린 적이 없다고 했다. 비결을 물었더니, 대답은 간단했다. 아이들을 이기려고 하지 않았다는 것이다. 아이들을 이기려고 하지 않으니 윽박지를 일도, 통제하거나 명령할 일도 없었다. 그러다 보니 원장을 싫어하거나 반항하는 아이는 30년 동안 단 한 명도 없었다. 원장은 단지 원생들을 이기지 않겠다는 마음 하나로 평생 아이들과 즐겁고 평화롭게 어린이집을 운영할 수 있었다. 어른이다.

이제 막 스무 살이 된 아들이 미국에 있는 대학교로 진학을 앞두고 있었다. 문화도 다르고 온갖 나라에서 온 아이들이 모이는 곳이라 부모로서 여러 걱정이 되어 아들에게 물었다.

"승준아, 거기 가면 전 세계에서 뛰어난 애들이 많이

올 텐데 걱정되지 않아?"

"아니, 걱정되지 않는데."

"정말?"

"응, 나는 걔들한테 배우러 가는 거지, 이기러 가는 게 아니잖아. 아빠가 그랬잖아. 나보다 뛰어난 사람을 이기려고 하지 말고 배우려고 하라고. 나도 그럴 건데."

아들은 어느새 나보다 더 큰 어른이 되어 있었다. 나는 스무 살 때 이기려는 마음이 앞서 친구들의 시샘을 사기도 하고 이런저런 어려움을 많이 겪었다. 반면 아들은 그런 어려움을 가볍게 비껴가는 사람이 되었다. 이미 어른이 된 거다.

정신이 어른이 되면 남에게 배우려 하다 보니 '이 사람에게는 이번에 뭘 또 배우게 될까?' 하는 호기심을 갖고 사람을 만난다. 무언가를 배울 때마다 감탄하게 되고, 그 고마운 마음은 눈빛으로 전해진다. 그런 눈빛을 받은 상대 역시 자신이 가진 것을 더 많이 나누고 싶어 하고 그 사람을 더 친절히 대하게 된다. 그렇게 두 사람의 관계는 경쟁이나 적대가 아니라 보완적이고 호의적으로 변한다. 한 사람이 어른이 되면 상대도 어른이 되게 만드는 선순환이 일어난다.

남의 처지를 헤아리고, 남에게서 배우려는 자가 정신이 어른인 사람, 진짜 어른이다. 그런 어른이 되려고 노력하는 사람은 아이에서 어른으로 건너가는 사람이다.

아직 마음의 여유도 없고 삶이 어렵게 느껴진다면 무언가를 이기려는 마음을 내려놓자. 그렇게 정신이 어른이 되면 삶이 훨씬 쉬워진다.

실패는 없다.
실망만 있을 뿐

높이가 8,848미터인 에베레스트산을 8,700미터까지만 오르고 끝내 정상에 서지 못한 한 산악인이 있었다. 그가 이번 등정은 실패라며 좌절하자, 그의 지인이 이렇게 말했다.

"실패한 게 아니에요."

"실패한 거죠. 정상에 오르지 못했잖아요."

"생각해보세요. 땅에서부터 오른 걸 기준으로 보면 이번에 당신은 8,700미터까지는 성공한 거예요."

"그러네요."

몇 년 뒤 그는 에베레스트산 정상에 올랐다.

실패란 없다. 내가 실패라고 규정하며 실망하는 마음만 있을 뿐이다. 우리는 삶에서 얼마나 많은 실패를 경험하는가. 그때마다 정상에 오르지 못했다는 이유로 8,700미터의 성공을 실패로 오해하고 실망하고 있는 건 아닐까.

한번은 중년의 미국인 변호사를 우연히 만난 적이 있다. 그의 명함에는 보스턴마라톤을 비롯해 여러 마라톤 대회에 참가한 이력이 여러 줄 적혀 있었다. 내가 마라톤을 하느냐고 묻자, 그는 환히 웃으며 그렇다고 답했다. 그러면서 한국에 와서 여러 사람을 만났는데 이해되지 않는 일이 있다며, 물어봐도 되겠느냐면서 말을 이었다.

"한국 사람들에게 명함을 보여주었더니 하나같이 몇 등까지 해봤냐고 묻더군요. 그래서 대략 500등 정도라고 했더니 다들 '그런데 왜 달리느냐?'고 되묻더라고요. 저는 그게 너무 이해가 안 됐어요. 한국에서는 1등이나 순위권에 들어야만 명함에 넣나요?"

"보통은 그래요. 그럼 미국 사람들은 다르게 묻나요?"

“네. 미국에 있을 때 명함을 보여주면 대부분 왜 달리느냐, 달리면 무엇을 느끼냐고 물어봅니다. 그리고 제가 ‘달릴 때 살아 있다는 실감이 난다’고 대답하면 ‘원더풀’이란 대답이 돌아오죠.”

한국 사람들의 반응을 의아해하는 미국 변호사를 보면서, 그런 반응에 어느새 익숙해진 나를 돌아보게 되었다. 무엇을 해도 1등이 아니면 인정해주지 않고 실패로 몰아가는 문화 속에서, 500등을 한 마라톤 기록을 명함에 새겨 넣는 사람을 이해할 수 있는 우리나라 사람은 그리 많지 않을 것이다. 마음속에나 간직하면 될 일을 굳이 명함에 새겨서 다른 사람에게 보여줄 필요가 있느냐고 생각하기 때문이다. 1등이 아니면 실패한 것이나 다름없다는 프레임에 갇혀 사는 우리의 슬픈 자화상이 미국 변호사에게는 도무지 이해되지 않는 틀이었던 게 분명하다.

몇 해 전, 중국 상하이에 살고 있는 제자 역시 미국인 변호사와 비슷한 이야기를 들려줬다. 자녀들을 국제학교에 보낸 제자는 학부모 면담 때마다 교사들에게 한국 엄마들이 특별하다는 말을 들었다고 한다.

"이런 식이에요. 수학을 70점 맞던 애가 90점을 받는다고 해봐요. 그럼 선생님이 아이를 칭찬하면서 큰 성취를 했으니 집에서도 격려해달라고 말하는 거죠. 그럼 다른 나라 엄마들은 너무 기뻐하며 돌아간대요. 그런데 한국 엄마는 꼭 이렇게 묻는다는 거예요. '우리 아이가 반에서 몇 등이에요?' 그 질문이 이해되지 않는 선생님이 '우린 석차를 매기지 않는다'고 답하면, 그다음엔 이렇게 물어온대요. '그럼 선생님, 수학 반 평균이 몇 점이에요?'"

외국에 나가서도 가장 앞서지 않으면 실패라고 믿는 우리의 사고방식이 해외 교사들과의 면담에서도 고스란히 드러난 셈이다. 이렇듯 몇 등인지를 묻고, 평균 아래에 있으면 실패라고 여기는 엄마의 마음은 아이에게 그대로 전해져 '나는 인생의 실패자'라는 프레임을 씌우게 된다.

그러나 남의 기준을 내려놓고 나의 기준을 세우면, 인생에 실패는 존재하지 않는다. 나는 30년간 상담을 하면서 단 한 번도 실패한 적이 없다. 그것은 남들이 말하는 상담의 성공 기준을 내 상담에 적용하지 않았기 때문이다. 나는 상담받으러 온 사람이 반드시 마음의 문제를 해결해야만 성공적인 상담이라고 보지 않는다. 대신 상담사인 내가 그 자리에서 최선을 다했는지를 기준으로 삼는다. 사실 내가 가진 능력 이상으로 상담한다는 것은 불가능하다. 내 능력 안에서 최선을 다했다면, 그것이 나에게는 최고의 상담이다. 다만, 내 능력이 100인데도 불구하고 30만 쏟아부었다면 그것이야말로 실패한 상담이다. 나는 늘 온 힘을 다해 상담에 임했고, 그래서 실패하지 않는 상담을 해올 수 있었다. 그렇게 하다 보니 상담받으러 온 분들의 마음 문제도 자연스레 풀렸다. 같은 기준을 강의에도 적용하니 강의 역시 늘 성공이었다. 강의도 성공, 상담도 성공이다. 그것은 성공의 기준을 '결과'가 아니라 '최선'에 두었기 때문이다.

지금까지 살아온 인생이 실패라고 느껴지는가. 그 기준을 타인이 정한 것은 아니었는지 돌아보고, 나만의 기준으로 최선을 다했다면 "잘했다" 하고 스스로에게 말해보는 건 어떨까. 그리고 앞으로도 그렇게 '나만의 최선'을 다해 살아가면 될 일이다.

자기 철학의 힘은 불행이 닥쳤을 때 드러난다

쓰나미가 일본을 덮쳤을 때 유일하게 집도 무사하고 주민도 모두 다치지 않아 큰 화제가 된 마을이 있다. 바로 일본 후다이 마을이다. 1984년, 후다이 마을의 촌장은 1860년대에 15미터에 달하는 쓰나미가 닥쳤다는 사실을 알고 엄청난 비용이 드는데도 불구하고 주민들을 끝까지 설득해 15.5미터의 방조제를 쌓았다. 그 결과, 후다이 마을을 온전히 지켜낼 수 있었다.

살다 보면 우리 인생에도 쓰나미 같은 불행이 갑자기 닥쳐온다. 그때 무사하려면 후다이 마을의 촌장처럼 미리 마음의 방조제를 쌓아두어야 한다. 후다이 마을의 방조제는 돌로 쌓았지만, 마음의 방조제는 내 삶에 대한 소신으로 쌓아야 한다. '내 삶에 대한 소신'이란 말 그대로 '올바른 시선'이다. 잘못되고 왜곡된 시선은 소신이 아니라 고집이기 때문이다.

불행을 견디게 하는 인생 태도에는 세 가지가 있다.

첫째, '나에게 언제든 불행이 생길 수 있다'는 마음이다. 불행은 언제 일어날지 정해져 있지 않다. 전혀 예상할 수 없는 시기에 예상치 못한 방법으로 나에게 닥친다. 유럽 속담에 '몇 년 사이에 일어나지 않았던 일이 하루 사이에 다 일어날 수 있다'는 말이 있다. 이런 인생 태도를 품고 살았던 사람이 고대 로마 황제였던 마르쿠스 아우렐리우스Marcus Aurelius였다. 그는 아침에 눈을 뜨면 자신에게 이렇게 말하곤 했다.

"아우렐리우스야, 너는 오늘 아무것도 잘못한 게 없는데 너를 모함하고 욕하는 사람을 만날 것이다. 또 네가 아무것도 잘한 게 없는데 너를 칭송하는 사람도 만날 것이다. 사기꾼, 협잡꾼, 아부꾼 그리고 온갖 사람을 다 만날 것이다. 그리고 온갖 일을 다 겪을 것이다. 그러니 아우렐리우스야 놀라지 말아라."

그는 인생이 내 뜻대로 흘러가지 않을뿐더러 예상하지 못한 불행이 사람과 일을 통해 언제든 찾아올 수 있다는 사실을 너무나 잘 알고 있었다. 그래서 늘 자신에게 놀라지 말라고 일렀다. 그렇다. 불행은 예상하고 있으면 그렇게까지 사람을 괴롭히지 않는다.

둘째, 불행을 '언젠가 나에게 일어날 수밖에 없는 일이 지금 일어났다'고 받아들이는 마음이다. 이 마음을 가지고 있으면 불행 앞에서 잠시 충격을 받긴 해도 이내 이 일이 왜 지금 나에게 일어났는지를 깊이 숙고하게 된다. 그 과정에서 지난 삶을 성찰하게 되고, 결국 이러한 불행이 나에게 일어날 수밖에 없었다는 명확한 인과관계를 깨닫게 된다.

나는 박사가 되는 데 7년이 걸렸다. 박사과정을 시작할 때부터 어느 정도 예상했던 일이었다. 강의하는 건 좋아했지만 논문 쓰는 건 싫어해 차일피일 미뤘기 때문이었다. 내 생각대로 나보다 늦게 시작한 후배들이 먼저 박사가 되었고, 난 그로부터 몇 년이 지나서야 박사학위를 받을 수 있었다. 논문 쓰는 괴로움을 뒤로 미루고 강의하는 재미를 앞세우는 습관이 학위 받는 날을 늦췄던 것이지, 불운 때문이 아니다. 나는 지금도 학위를 받는데 오래 걸린 것이 내 인생의 불행이었다고 생각하지 않는다. 오히려 그 기간 안에 학위를 마칠 수 있었던 것만으로도 다행이라 여긴다.

나에게 일어나는 좋은 일은 내가 열심히 산 덕분이고, 나쁜 일은 남 탓이라는 생각은 어딘가 균형이 맞지 않는다. 차라리 나에게 일어나는 좋은 일도 내가 만든 것이고, 나쁜 일도 내가 만든 것이라고 보는 편이 더 균형 잡힌 논리다. 박사논문을 마무리하러 산사에 들어갔을 적에, 스님은 세상 모든 일이 자기가 지어 자기가 받는 '자작자수自作自受'라고 했다. 나는 살아갈수록 그 말이 진리라는 것을 느낀다. 자작자수의 관점으로 바라보면, 불행이 닥쳤을 때 우왕좌왕하거나 과장하지 않고 차분하고 냉철하게 그것을 있는 그대로 바라볼 마음의 여유가 생긴다.

셋째, '천천히 생각하면 불행을 극복할 방법을 찾을 수 있다'는 마음이다. 스토아학파의 창시자인 제논은 자신의 배가 난파되어 모든 재산을 잃었을 때 "이제 철학하기 좋은 때다"라고 말했다고 한다. 제논의 말처럼 불행이 닥칠 때는 철학하기 좋은 때다. 불행을 받아들이면 마음의 여유가 생기고, 그 여유 속에서 불행을 벗어날 여러 가지 방법을 떠올릴 수 있게 된다. 나는 '인생에 정답은 없다. 명답만 있을 뿐이다'라는 말을 즐겨 쓴다. 불행을 벗어날 완벽한 답은 없다. 좋은 답이 있을 뿐이다. 우리는 그 답을 찾아내는 힘을 '지혜'라 부른다. 불행 한가운데서 불행을 벗어날 적절한 방법을 찾아내는 것, 그것이 지혜다.

자기 철학의 힘은 행복할 때보다 오히려 불행할 때 더 분명히 드러난다. 불행은 언제든 나에게 닥칠 수 있다.

그 사실을 이해하고 필연적으로 받아들이며, 그 안에서 천천히 벗어날 길을 찾으려는 마음의 습관은 불행을 실제보다 부풀리지도, 축소하지도 않는다. 그저 있는 그대로 바라보고, 더 나은 상태로 나아갈 기회로 삼는다. 불행을 견딜 만한 고통으로 만드는지, 아니면 견디기 힘든 고통으로 만드는지는 평소에 쌓아온 자기 철학이 결정한다.

실패는 더 정교해지기 위한 과정이다

몇 년에 한 번 만나도 어제 만난 것 같은 친구가 있다. 마음결이 비슷하면 사는 결도 비슷해진다는 말을 실감하게 하는 친구다. 나의 솔메이트인 그는 뼈를 고치는 정형외과 의사다. 그런 그에게 나는 뼈 때리는 한마디를 건네는 상담사다.

얼마 전 그 친구와 만나 이야기를 나누다 보니, 오래 떨어져 살았음에도 우리가 참 비슷하게 살아왔다는 것을 알게 됐다. 우리는 의기투합해서 책을 한 권 내기로 했다. 하지만 각자 사는 게 바빠 글을 한 번 주고받은 뒤로 더 진척시키지 못했고, 그래서인지 나는 그때 주고받은 글이 유난히 귀하게 느껴져 지금까지 간직하고 있다.

우리가 서로 나눈 글은 이러했다.

뼈 때리는 남자 이야기

나는 사람의 마음을 수선하는 마음 수선사다. 마음을 잘 수선하려면 정확한 한마디가 필요하다. 뼈 때리는 말 한마디는 그동안 몰랐던 자기 마음을 바라볼 수 있는 기회를 제공한다.

한번은 가정폭력 가해자 집단상담을 하던 중이었다. 참가자 한 명이 이런 자리에 오게 된 것이 억울하다며 토로했다. 화가 나서 물컵을 거실에 던졌을 뿐인데, 그게 가정폭력으로 인정돼 법원의 처분을 받았다는 게 도무지 이해가 안 된다는 항변이었다. 그때 조용히 그의 이야기를 듣고 있던 나이 지긋한 남자가 한마디를 했다.

"그런데 아저씨, 마누라한테 잘해서 여기 온 건 아니잖아요."

여기저기서 폭소가 터졌다. 항의하던 남편도 그 말에

머리를 긁적이며 한발 물러섰다.

"우리도 다 비슷한 심정이에요. 근데 어쨌든 우리가 마누라한테 잘해서 온 건 아니니까, 그냥 받읍시다. 이런다고 판사가 우릴 봐줄 것도 아닌데."

상담사인 나도 하지 못할 뼈 때리는 말이었다. 그 한마디로 저항은 깨끗이 정리되었다.

상담사가 뼈 때리는 한마디를 하기 위해서는 여러 조건이 필요하다. 우선, 오랜 세월 축적된 인간에 대한 경험과 인생에 대한 깊은 이해가 있어야 한다. 그런 이해를 바탕으로 현재 상황을 꿰뚫어 보는 눈이 있어야 하고, 무엇보다 그 사람의 수준에 맞게 표현하는 기술이 있어야 한다. 그래서 상담사의 실력은 뼈 때리는 한마디가 가능한지로 판가름 난다. 실력 없는 상담사의 상담은 항상 2퍼센트가 부족하다. 마음을 울리는 결정적인 한 방이 없다. 내공 있는 상담사라면 마음의 핵심을 정확히 파악하고, 그 부분을 내담자가 견딜 수 있을 만큼만 말로 지그시 깊게 눌러준다.

뼈 고치는 남자 이야기

정형외과에서는 뼈와 관련된 몸의 통증을 치료한다. 나는 진료할 때 환자의 아픈 부위를 지그시 깊게 눌러본다. 이때 지그시 누르는 게 포인트다. 너무 세게 누르면 아프지 않은 곳이 없고, 너무 약하게 누르면 어디가 아픈지 환자 본인도 알 수 없다.

환자의 이야기를 통한 문진으로 통증 부위가 예측되면 정확히 그 부분을 지그시 눌러 예측이 맞는지 확인한다. 손에 온 신경을 집중해 근막에 닿을 정도의 힘으로 지그시 누르면, 환자는 대부분 아프면서도 시원하다고 말한다. 바로 그 지점이 통증을 일으킨 핵심 부위다.

이렇듯 의사의 실력은 어디를 눌러야 하는지를 아는 데서 판가름 난다. 실력이 없는 의사는 아무 곳이나 꾹꾹 눌러 아픈 곳을 찾으려 한다. 이는 환자에게 불신과 불필요한 고통을 안겨줄 뿐이다. 반대로 숙련된 의사는 환자의 안색과 몸의 굽은 정도, 자세를 보며 1차적으로 통증 부위를 예측하고, 증상에 대한 환자의 이야기를 통해 2차적으로 예측한다. 여기에 오랜 임상 경험과 의학

적 원리를 종합하여 최종 판단을 한 후, 환자의 몸에 손을 얹어 지그시 누르는 의료 진단이 이루어진다. 단, 진단은 정확하게 단 한 번에 이루어져야 한다.

처음부터 명의는 없다. 누구나 초반에는 여기저기 눌러보며 실패를 경험한다. 그런 시행착오를 거치며 점차 예측은 정교해지고 정확해진다. 그래서 명의는 환자가 걸어 들어오는 모습만 봐도 어디가 어떻게 아픈지 짐작할 수 있다. 이런 경지에 도달하기 위해 쉬지 않고 환자를 보고 연구하며 자신만의 노하우를 축적해가는 사람이 바로 의사다.

상담사는 마음을 지그시 누르고, 의사는 몸을 지그시 누른다. 다만, 둘 다 단 한 번만 누른다. 그 한 번이 정확해야 내공 있는 상담사가 되고 명의가 된다. 그렇게 되기 위해서는 수많은 실수와 실패, 그리고 누적된 경험이 필요하다. 그 경험을 바탕으로 자신만의 노하우를 축적해가는 시간도 필요하다.

상담이든 의료든 가짜는 많고, 진짜는 적다. 그리고

공짜는 없다. 공짜가 없다는 사실을 받아들이고, 내가 일하는 분야에서 지그시 누를 수 있을 때까지 쉼 없이 노력해야 한다.

지금까지 우직하게 달려왔다면, 그 시간이 내 안에 차곡차곡 쌓였을 것이고, 앞으로도 쌓여 내 것이 될 것이다. 그 응축된 시간은 반드시 결정적인 순간의 핵심을 짚어내는 힘이 되어줄 것이다. 그런 자신을 믿으며 오늘도 주어진 일을 해나가는 사람이 바로 자기 철학이 있는 사람이다.

질문하기에
늦은 때란 없다

독일의 대학 입학시험에서 이런 문제가 출제된 적이 있다.

'고통을 느끼지 않게 하는 약이 개발되면 어떤 일이 생길까?'

높은 점수를 받은 답안 가운데 하나는 '인류는 성장을 멈춘다'였다. 고통을 느끼지 못하면 고통에서 벗어날 방법을 찾지 않게 되기 때문이다. 인류가 성장하고 발달해 온 과정을 가만히 들여다보면, 그 바탕에는 언제나 고통을 극복하려는 노력이 있었다. 그런데 몸과 마음이 아파도 아무런 고통을 느끼지 못한다면 그 상태를 바꿔야 할 필요조차 느끼지 못할 것이다. 결국 인류는 그 자리에 머문 채 성장을 멈추고 말 것이다.

학생의 답안처럼 인간이 더 나은 상황으로 가기 위해 반드시 필요한 것은 '고통'이다. 그런데 여기에는 또 하나의 조건이 있다. 바로 '질문'이다.

'이 고통을 어떻게 해야 벗어날 수 있을까?'

이 질문이 있어야 한다. 질문은 고통과 발전을 잇는 징검다리다.

우리는 고통을 느낄 때 예외 없이 질문을 하게 된다. 하다못해 도서관에서 볼펜을 잃어버렸을 때마저 '볼펜이 어디 갔지?'라는 질문에서 시작해 '없으면 새로 사야 하나?' '어디 가서 사야 하지?' '볼펜 살 돈은 있나?'로 이어지는 연속된 질문을 계속 던지게 된다. 볼펜이 없는 불편함에서 오는 고통이 아무리 작아도, 그것은 외면할 수 없는 고통이다. 그래서 우리는 해결을 위해 계속 질문하고, 그 질문에 대한 답으로 친구에게 빌리든, 교내 문구점에 가서 사든 볼펜을 마련하는 행동을 하게 된다.

우리의 삶에서 시도 때도 없이 생겨나는 고통은 반드

시 질문을 만들어낸다. 인간은 고통을 피하려는 본능을 지닌 존재이기 때문에 고통 앞에서 질문하지 않을 수 없다. 그리고 그 질문에 대한 답을 찾아가는 과정에서 지금보다 한층 더 나은 존재로 변화한다.

내가 산사에 살던 시절, 한 스님이 이런 말씀을 하셨다.

"가장 행복한 사람은 엄마 뱃속에서 죽은 사람이며, 그다음 행복한 사람은 태어나자마자 죽은 사람일지도 모른다."

그러곤 나머지는 모두 같다는 이야기도 덧붙이셨다.

사람으로 태어난 이상 고통을 겪으며 살아가야 한다. 오죽했으면 사람의 삶을 고통의 바다라 하여 '고해苦海'라 불렀을까. 나도, 이 글을 읽는 당신도 '사는 것이 곧 고통이다'라는 이 사실을 너무 잘 알고 있다. 달라지는 것은 고통의 종류일 뿐 어느 한순간도 삶이 오래도록 편안한 적은 없다. 마치 질량보존의 법칙처럼 우리 삶에는 고통 총량 불변의 법칙이 존재하는 듯하다. 옛말에 '천석꾼은 천 가지 걱정, 만석꾼은 만 가지 걱정이 있다'

고 했다. 길 가는 사람 아무나 붙잡고 "요즘 힘드시죠?"라고 물어본다면, 힘들지 않다고 답하는 사람이 과연 몇 명이나 있을까. 사람들은 각기 다른 이유로 힘들어하고 고통스러워한다. 그럼에도 불구하고 죽지 않고 사는 건 질문 덕분이다. '어떻게 하면 여기서 벗어날 수 있을까?'라는 질문을 던지기 때문에 저마다의 방식으로 출구를 찾으며 간신히 아슬아슬하게 살아가는 거다. 그게 인생이다.

우리 삶에서 진짜 문제가 되는 것은 고통이 아니다. 고통에 대해 질문하지 않는 것이 문제다. 고통 앞에서 던지는 질문에는 틀린 것이 없다. 모든 질문은 옳다. 다만 그 질문에 어떤 답을 내놓느냐가 그 사람이 도달한 삶의 수준을 말해줄 뿐이다.

우리는 더 나은 답을 찾기 위해 끊임없이 경험하고 깨닫는다. 이 과정을 우리는 '공부'라 부른다. 학교에서 하는 공부는 아주 작은 일부에 불과하다. 대부분의 공부는 인생이라는 학교에서 이루어진다. 실패, 좌절, 절망, 슬픔과 같은 고통이 공부의 서론이고, 이것을 벗어나는 길을 간절히 묻는 것이 공부의 본론이며, 그 질문에 답하는 것이 공부의 결론이다. 서론과 본론, 결론을 통과한 끝에 인생의 발전과 인격의 성장이 이루어진다.

오십이라는 나이는 질문하기에 결코 늦은 때가 아니다. 내 고통 앞에서 질문을 던지고, 그 과정에서 깨달음을 얻는 것. 그것이 우리가 평생 해야 할 공부의 본질이다.

무의미한 자기 검열은 그만

나무젓가락처럼 마른 남자가 있었다. 처음부터 마른 사람은 아니었다. 지독한 자기 검열에 시달리다 보니 점점 말라가다가 결국 나무젓가락 같은 몸이 되고 만 것이다.

남자는 잠을 잘 이루지 못했다. 잠들기 전이면 어김없이 혹독한 자기 검열을 했기 때문이다. 그는 눈을 뜬 채로 누워 '오늘까지 해야 했는데 하지 못한 일들'과 '하지 말았어야 했는데 해버린 일들'을 차례로 떠올렸다. 그러곤 그것을 이유 삼아 자신을 혹독하게 나무랐다.

'점심때 과장님에게 그렇게 말하면 안 됐어. 왜 바보같이 그런 말을 해서 분위기를 어색하게 만든 거야. 넌

도대체 언제쯤 눈치라는 게 생길까.'

이런 생각이 떠오를 때마다 그는 이불 킥을 하며 자신을 비난했다. '내일도 분명 또 이런 바보 같은 짓을 할 텐데, 차라리 내일이 오지 않았으면 좋겠다.'

그렇게 괴로워하며 몸을 뒤척이다 보면 밤은 어느새 깊어져 있었다. 새벽이 오면 이제 곧 시작될 하루가 두려워졌다.

불안한 생각은 꼬리에 꼬리를 물고 일어났고, 아침이 밝을 때까지 그는 좀처럼 자리에서 일어나지 못했다.

그는 밤에는 자기 검열로 후회했고, 아침이면 자기 검열로 불안해했다. 그런 날이 몇 년간 지속되니 하루가 다르게 몸이 야위어갔다. 맛있는 걸 먹어도 맛있다는 생각이 들지 않았다.

남자가 상담실을 찾았을 때, 나는 잠시 내 눈을 의심했다. 텔레비전 속 난민 구호 광고에 나올 법한, 지나치게 야윈 몸이 눈앞에 있었기 때문이다. 그와 이야기를 나누면서 알게 되었다. 자기 검열이라는 것이 사람의 몸

뿐 아니라 영혼까지 얼마나 피폐하게 만드는지를.

몇 차례 상담이 이어지면서, 그의 자기 검열에는 일정한 패턴이 있다는 게 드러났다. 그 중심에는 늘 대인관계가 있었다. '다른 사람이 나를 어떻게 생각할까' 하는 마음이 모든 생각의 중심에 있다 보니 늘 타인의 시선을 의식하며 전전긍긍했다.

'나를 어리석다고 보지는 않았을까. 나를 경솔하다고 비웃지는 않았을까.'

나는 남자에게 말했다.

"유령으로 사시는군요."

"그게 무슨 말씀이세요?"

"아침에는 미래만 바라보며 살고, 밤에는 과거만 바라보고 살잖아요. 현재가 없어요."

"아…… 그러네요. 제가 사람으로 살 수 있는 방법이 있을까요."

나는 남자에게 그 방법을 알려주었다. 사람으로 살려면 세 글자만 기억하면 된다고. 그 세 글자는 '덕분에'다.

남자는 그동안 '때문에'라는 세 글자를 반복하며 살아

왔다. '나 때문에' 분위기가 안 좋아졌고, '내 말 때문에' 사람들이 나를 바보로 생각했을 거라고 여겼다. 무슨 일이 생겨도, 관계가 틀어져도 늘 '나 때문'이라고 생각했다. 그것이 밤이면 후회로, 아침이면 불안으로 이어진 이유였다.

이제부터는 반대로 해보라고 말했다. 무슨 일이 생기든, 사람과의 관계에서 마음에 걸리는 일이 떠오르거든 이렇게 외쳐보라고 했다.

"'이 일 덕분에' 나는 이런 걸 배웠다. '이 사람 덕분에' 나는 나 자신을 좀 더 알게 되었다."

일과 사람 뒤에 '덕분에'를 붙이면 자기 검열 대신 '자기 성찰'과 '자기 통찰'을 하게 된다. 남자는 속는 셈 치고 '덕분에'라는 말을 자기 일상에 도입하기 시작했다.

몇 주 후, 상담실을 찾아온 남자의 표정이 밝아져 있었다. 이제는 잠도 더 편하게 자고, 아침에 눈을 뜰 때 불안 대신 작은 설렘이 찾아온다며 웃었다. 오늘은 또 어떤 일과 어떤 사람들 '덕분에' 무엇을 배우게 될지 살짝 기대된다고도 했다. 오목했던 남자의 볼도 서서히 메워지기 시작했다. '때문에'로 살던 자기 검열 시대가 끝나고 '덕분에'로 사는 자기 통찰 시대가 시작되자, 유령처럼 살던 그의 삶은 현실을 사는 보통 남자의 삶으로 돌아오고 있었다.

몇 달간의 상담을 마칠 무렵, 남자는 눈에 띄게 살이 붙어 있었다. 그는 평생 '덕분에'로 채워진 삶을 살겠다고 말하며, 상담 선생님 덕분에 유령 같은 삶에서 벗어날 수 있었다면서 꾸벅꾸벅 감사의 인사를 전했다.

나는 그 남자 덕분에 자기 검열의 독성에 대해서도, 자기 통찰의 효과에 대해서도 알게 됐다. 우리는 서로 '덕분에' 조금 더 나은 삶과 조금 더 깊은 깨달음에 다다를 수 있었다.

타인의 시선과 세상의 기준에 맞춰 나를 혹독하게 비판하는 자기 검열은 무의미하다. 그것은 자기 파괴와 자기 학대의 수단이 되기 쉽다. 자기 방임도 위험하기는 마찬가지다. 타인의 시선과 세상의 기준을 모두 무시한 채 마음대로 말하고 행동하다 보면, 결국에는 타인에게 상처를 주는 지탄의 대상이 되고 만다.

자기 검열을 대신할 수 있는 건강한 태도는 '자기 학습'이다. 자기 학습은 삶에서 나에게 도움이 되는 것을 배우려는 태도로, '덕분에'란 세 글자로 시작할 수 있다. 크고 작은 일이 일상에서 일어날 때마다 마음속으로 '덕분에'라고 말해보자. 그러면 그 일들은 어떠한 가르침을 전해준다. 이를테면, '조금 더 생각하고 말하세요' 혹은 '조금 더 상대 입장을 헤아리고 이야기해주세요' 같은 가르침이다. 그것이 바로 자기 학습이다.

자기 학습은 자기 성찰과 자기 통찰로 이어지고, 그런 배움이 쌓이면 자기 패턴이 되고, 마침내 나만의 색깔이 된다. 타인의 시선이나 세상의 기준과 맞서 싸우지 않으면서도 자신만의 개성과 소신이 서서히 생겨난다. 그것은 세상과 조화를 이루면서도 나다움을 잃지 않는 높은 수준의 삶이다.

'덕분에'라는 말은 자기 검열이라는 낮은 땅에 머물던 사람을 자기 통찰이라는 더 높은 땅으로 인도해주는 다리다. 무의미한 자기 검열은 이제 그만하자. 의미 있는 자기 통찰만 하고 살기에도 인생은 이미 충분히 짧다.

속도에 집착하지 않는 용기

대학원 상담심리학 수업 시간에 나는 진도를 나가지 않는다. 아니, 애초에 진도라는 개념 자체가 없다. 진도가 나가야 공부를 하는 것이라 믿어온 학생들에게는 낯선 수업이다. 진도뿐 아니라 교재도 없고, 시험도 없다. 하지만 생각하고, 나누면서 더 나은 깨달음에 이르는 공부는 제대로 이루어진다.

내 수업에서는 교과 진도를 나가는 대신, 학생들이 일상에서 고민하는 일이 교재가 되어 진행된다. 예를 들어 한 학생이 삐친 여친을 어떻게 풀어주어야 할지 모르겠다고 털어놓으면, 그 고민이 그날 좋은 교재가 된다. 연

애를 해본 학생들이 저마다의 솔루션을 제시하고, 나는 교수가 아니라 사회자가 되어 그 솔루션들을 분류하고 정리해 피드백을 준다. 수업 시간이 끝날 때쯤, 고민을 털어놓은 학생은 '지금은 잠시 기다리는 것이 가장 현명한 선택일 수 있겠다'는 새로운 깨달음을 얻고 기뻐한다. 그렇게 한 주의 수업이 끝난다.

이렇듯 매 수업 시간에 한두 명의 인생 고민 상담이 이루어진다. 그때 나는 고민을 해결해나가는 과정에서 이것이 프로이트 이론의 핵심이라고 말해주며, 잠시 그 이론을 소개한다. 학생들은 늘 교과서 속 이론으로만 접해왔던 프로이트가 아니라 사례 속에서 생생하게 느껴지는 프로이트를 만나게 된다.

"프로이트가 평생 한 이야기를 한 문장으로 말하면 이거예요. '억압이 너희를 힘들게 하리라'."

그러면 학생들의 질문이 쏟아지고, 교수인 나와 학생의 문답이 이어지는 동안 학생들은 자연스레 프로이트의 핵심 주장을 이해하게 된다.

나는 수업 시간에 프로이트, 아들러처럼 다양한 학자

들의 심리이론에 대한 진도를 나가지는 않는 대신 학생들의 인생 고민을 풀어가는 과정에서 툭툭 설명하고, 자연스럽게 토론을 거치며 그 이론들이 학생들 가슴속에 콕콕 박히게끔 한다.

내가 이러한 방식으로 대학원 수업을 진행하게 된 데에는, 어느 날 우연히 들은 옛이야기가 계기가 되었다.

옛날 한 대감집에 귀한 아들이 있었다. 아들에게 높은 벼슬을 시키고 싶었던 대감은 아들의 공부를 맡길 만한 훌륭한 선생님을 찾아 나섰다. 그러던 중 도인이라 불릴 만큼 이름난 스님이 있다는 이야기를 듣게 되었다.

대감은 그 스님을 집으로 모셔와 아들의 교육을 부탁했다. 그러자 스님이 한 가지 조건을 내걸었다.

"제가 자제분을 절로 데려가 5년간 공부를 시키겠습니다. 그동안 저를 믿고 기다려주실 수 있겠습니까."

대감은 그 정도 시간이면 사서삼경쯤은 충분히 익힐 수 있으리라 여기고 그렇게 하겠다고 약속했다.

5년 후, 대감은 설레는 마음으로 절을 찾아갔다. 그리고 아들에게 그동안 스님에게서 무엇을 배웠느냐고 물었다.

"천자문을 공부했습니다."

아들의 말에 대감은 경악했다. 《논어》, 《맹자》 등 사서 삼경까지 두루 익혔을 거라 잔뜩 기대했기 때문이다. 영어로 치면 알파벳에 해당하는 한자만 가르쳤다니, 스님에게 속았다는 생각이 든 대감은 따져 물었다.

"당신을 믿고 천금 같은 아들을 5년이나 맡겼는데, 어떻게 고작 천자문만 가르칠 수 있단 말입니까."

스님이 빙그레 웃으며 말했다.

"그럼 자제분께 천자문에 대해 한번 물어보시지요."

대감은 기가 막히고 허탈했지만 스님의 말대로 했다. 아들에게 천자문의 첫 글자인 '하늘 천天'에 대해 묻자, 놀라운 일이 일어났다. 아들은 하늘이 무엇이고 하늘의 이치는 무엇인지, 이로 인해 우주 만물이 어떻게 움직이는지, 그리고 사람이 어떻게 하늘의 뜻을 새기며 살아야 하는지를 막힘없이 풀어냈다. 하루만으로는 설명할 시간이 모자랄 만큼 깊고 넓은 이야기였다.

다음 날, 대감이 두 번째 글자인 '땅 지地'에 대해 물었을 때도 마찬가지였다. 아들은 땅의 의미와 이치, 그 안에 담긴 사람의 도리에 대해 종일 이야기했다. 그제야 대감은 깊이 고개를 숙인 채 스님께 사과하며 존경의 뜻을 전했다.

"제 소견이 얕아 그저 진도만 나가달라 부탁드렸습니다. 그런데 스님께서는 진정한 공부를 시켜주셨군요. 정말 감사합니다."

스님은 공부란 천자문을 거쳐 소학과 대학으로 이어지는 진도를 빼는 일이 아님을, 천자문에 대한 가르침으로 몸소 보여주었다.

나는 이 대감집 이야기에 깊은 감명을 받았다. 온고이지신溫故而知新, '옛것을 참고하여 새것을 얻는다'는 말을 비로소 이해하게 되었다. 그 순간 나는 대학원 수업에 스님의 공부 방식을 도입하기로 마음먹었다. 현대판 사서삼경인 심리학 교재 대신, 각자의 천자문에 해당하는 인생 고민을 교재로 삼았다. 그리고 한 글자 한 글자 깊이 들어가 그 안에 사서삼경이 모두 담기도록 했다.

그렇게 진도 대신 진짜 공부가 자리 잡았다. 내 수업을 듣고 난 학생들은 강의 후기에 이렇게 적곤 했다. 아무런 부담이 없는데도 가장 깊이 깨달음을 얻는 수업이라고. 그 말이 나를 오래도록 기쁘게 했다.

삶을 아는 것이 학문이고, 삶을 더 나은 방향으로 이끄는 것이 공부다. 모두가 속도에 매여 매주 진도를 나가야 하는 대학원 수업 풍토 속에서, 나는 이 사실을 잊지 않으려 애써왔다. 내 수업에서는 늘 인생의 고민이 교재가 되고, 깊은 산속 옹달샘처럼 퐁퐁 솟아오르는 학생들의 센스와 사색이 그날의 수업을 이끌어 간다. 속도가 사라진 수업, 진도를 나가지 않는 수업은 교수와 학생을 한없이 자유롭게 하고 신나게 만든다. 이것이 진짜 살아 있는 수업 아닐까. 속도에 집착하지 않기로 한 용기 덕분에, 오늘도 나는 설레는 마음으로 학생들을 만난다.

자기 철학을 위한 첫 번째 질문들

지금까지 살면서 가장 불행하고 고통스럽다고 느낀 순간을 떠올려보고 그 순간에 대해 적어보라. 한 줄이라도 좋고, 한 문단이라도 좋다. 그 일을 통해 나와 세상, 그리고 인생에 대해 무엇을 배우고 깨달았는지 적어보자.

1. 그 순간은 …

....

....

2. 나에 대하여(아, 나는 이런 사람이구나)

....

....

3. 세상에 대하여(아, 세상은 이런 곳이구나)

....

....

4. 인생에 대하여(아, 산다는 게 이런 거구나)

....

....

2장

[내려놓기]

타인의 시선으로부터의 독립

다른 사람의 답을 외우는 사람들

"앞으로 뭐 하고 싶어?"

"스물다섯 살에 자살하고 싶어요."

"뭐라고? 자살?"

"예, 자살할 거예요."

"아니, 왜?"

"스물다섯 살까지는 엄마 하라는 대로 하고 살다가, 스물다섯 살에는 저 하고 싶은 대로 죽을 거예요."

초등학교 6학년 전교 회장 아이가 내뱉은 말에 소름이 끼쳤다. 오전엔 엄마 열 명, 오후엔 자녀 열 명을 대상으로 예술치료 집단상담을 나간 자리였다. 그날 나는 아이의 말을 듣고 얼어붙고 말았다. 공부는 전교 1등, 5, 6학년 내내 전교 부회장과 회장을 지냈고 온갖 모범상을 휩쓴 아이였는데, 그런 아이 입에서 '자살'이라는 말이 나왔다는 사실이 충격적이었다.

"너 하고 싶은 대로 해본 적이 언제야?"

"한 번도 없었는데요. 여기도 엄마가 들어가야 한다고 해서 온 건데요."

"그럼 스물다섯 살까지는 어떻게 살 거야?"

"국제중학교에서 외국어고등학교 가고, 서울대학교 갔다가 삼성에 취직할 거예요. 엄마가 학교 들어오기 전부터 그렇게 해야 한다고 했어요. 그리고 군대는 안 가는 게 좋다고도 했어요."

"그렇게 살면 기분이 어떨 거 같아?"

"지금이랑 똑같을 거 같은데요. 엄마만 좋고, 저는 하나도 안 좋고요."

아이의 얼굴엔 표정이 없었다. 감정이 없는 로봇처럼 스물다섯 살에 자살하겠다는 말을 남 이야기하듯 했다. 오랫동안 자기 꿈은 땅에 묻고 가방 안에는 엄마의 꿈을 담은 채 학교를 다니던 열세 살 아이의 그 말은 한동안 내 마음속에 무거운 바윗돌처럼 얹혀 있었다.

그 아이의 말이 머릿속에서 지워지기도 전이었다. 어느 날 강의를 나갔던 대학교 지하 복사실에서 방금 막 인쇄가 끝난 박사학위 논문이 따끈따끈하게 쌓여 있는 모습을 보게 되었다. 그때 30대 중반쯤 되어 보이는 학생이 논문 한 권을 손에 들기 무섭게 휴대폰을 꺼내 들었다.

"엄마, 논문 지금 나왔어."

휴대폰 너머로 꺄악, 하는 엄마의 환호성이 복사실에 쩌렁쩌렁 울려 퍼졌다.

"축하해, 축하해. 우리 아들, 최고야."

그 반응에 기분이 한껏 좋아진 아들이 엄마에게 물었다.

"그럼 엄마, 나 이제 뭐 해?"

순간 나는 내 귀를 의심했다. 뭐라고? 이제 뭐 하느냐고? 그걸 엄마한테 묻고 있다니. 오 마이 갓. 서른 중반쯤 된 박사가 자신의 다음 스텝을 엄마에게 묻는데 이게 실화인가, 내가 제대로 들은 게 맞나 싶었다.

엄마는 세상의 꿈을 자기 머리에 담고, 그 꿈을 아이

의 가방에 넣는다. 아이는 학교에 들어가는 순간부터 마지막 공부를 마칠 때까지 엄마의 꿈을 실현하기 위해 살아간다. 그러다 어떤 아이는 스물다섯에 자살하는 꿈을 꾸고, 또 어떤 아이는 서른이 넘어 엄마의 꿈을 다시 한 번 묻는다. 이것이 지금 우리가 사는 세상이다. 나는 스물다섯에 자살하겠다는 초등학생에게서 받은 충격이 채 가시기도 전에, 서른 중반의 박사에게서 또 한 번 충격을 받았다. 그렇게 내 가슴에는 무거운 바윗돌 하나가 다시 얹혔다.

한때 유럽에서 "한국 관광객들, 제발 등산복 좀 그만 입고 오라"는 말이 돌았다는 이야기를 들은 적이 있다. "똑같은 옷을 교복처럼 맞춰 입고 단체로 지나가면 단번에 한국 사람이다"라는 우스갯소리도 여러 번 들었다. 그만큼 우리는 유행에 쉽게 휩쓸리는 사회에 살고 있다. "올해 유행은 밀리터리룩입니다"라는 말이 나오면, 그 해 가을 거리는 밀리터리룩을 입은 사람들로 가득 찬다. "요즘은 통 넓은 청바지가 대세래요"라는 말이 돌면, 온

시내가 어느새 통 넓은 청바지를 입은 사람들로 넘친다.

보름 동안 유럽을 다녀온 조카에게 "유럽과 우리는 뭐가 다르냐"고 물었더니 이런 대답이 돌아왔다. 유럽 사람들은 전부 자기 옷을 입고 다니는데, 우리는 남의 옷을 입고 다니는 것 같단다. 그 말에 나는 한참 웃었다.

남이 무엇을 입는지, 남이 어디에 갔는지, 남이 무엇을 하는지가 우리의 주요 관심사가 되곤 한다.

우리는 남의 답에 관심이 많다. 어릴 때 잘못을 하면 어른들이 꼭 하던 말이 있다.

"네가 이러면 남들이 뭐라고 하겠어?"

우리는 내 말과 행동이 다른 사람에게 어떻게 보여지는지를 중요하게 여기는 세상에서 살아간다. 그러다 보니 어느새 삶의 주인공은 내가 아니라 남이 되고, 나는 들러리가 된 채 하루하루를 살아가고 있다는 느낌을 받게 된다.

몇 해 전에 쓴 책 《오십, 나는 재미있게 살기로 했다》

가 올해의 책으로 선정되며 베스트셀러가 되었다. 그 책에서 나는 딱 한 가지를 말했다.

"오십까지는 남으로 살아왔으니 이제부터 나로 살면 어떨까요?"

그 말을 여러 사례로 풀어 썼더니 많은 공감을 얻었다. 그 일을 통해 나는 다시 한번 실감하게 되었다. 요즘 사람들이 '나로 사는 삶'에 얼마나 큰 갈증을 느끼고 있는지를.

그동안 우리가 속한 사회에서는 나로 살겠다고 하면 세상에 역행하는 일처럼 보일뿐더러 많은 걸 포기해야만 가능한 선택처럼 여겨졌다. 그래서 사람들은 쉽게 자신이 원하는 대로 살지 못했을 것이다. 하지만 이제 시대가 바뀌었다. 나로 살아가려는 움직임이 잔잔한 바람처럼 곳곳에서 감지된다. 그 바람에 자신을 맡기고, 타인의 답이 아닌 자신만의 답으로 삶을 새롭게 꽃피워보자.

타인의 평가에 연연할 필요 없는 이유

"돈이 많으면 뭐해요. 믿을 사람이 하나도 없는데."

돈이 많은 사람은 믿을 사람이 없어서 불행하다며 자신의 신세를 한탄한다. 반면 돈이 없는 사람은 정반대의 소리를 한다.

"친구가 많으면 뭐해요. 돈 한 푼 없는 신세인데."

사람은 참 묘한 존재다. 자신이 가지고 있는 것은 누구나 쉽게 가질 수 있다고 생각하고, 그 가치를 당연하게 여긴다. 물속에 있으면서도 갈증을 느끼는 셈이다. 반대로, 다른 사람이 가지고 있는 것은 대단하게 보고 그래서 그 사람을 부러워한다.

150년 전, 철학자 쇼펜하우어Arthur Schopenhauer는 불행한 사람과 행복한 사람의 차이는 가진 것의 많고 적음이 아니라, 그것을 바라보는 시선에서 비롯된다고 이야기했다. 불행한 사람은 자신이 가진 것을 당연하게 여기고 가지지 못한 것을 부러워하며 살아가지만, 행복한 사람은 자신이 가진 것을 소중하게 여기며 '이게 나한테 없었으면 어쩔 뻔했어!'라고 생각하며 살아간다.

따라서 춤은 기가 막히게 잘 추지만 노래는 못하는 사람이 가요제에 나가서 혹평을 받았다고 해도, 그 일로 의기소침해할 필요는 없다. "이건, 제 길이 아닌가 봅니다" 하고 자신이 잘하는 것을 찾아보면 된다. 그것이 멘탈이 강한 사람이 하는 멋진 선택이다.

꽃은 다른 꽃과 자신을 비교하며 질투하지 않는다. 장미는 장미대로, 국화는 국화대로 각자의 자리에서 최선을 다해 활짝 꽃피운다. 이름 모를 들꽃 역시 들판에 무심히 피어 자신만의 생을 아름답게 살아간다. 동물들은 또 어떤가. 고양이는 고양이대로, 개는 개대로 살아갈 뿐이다. 비교하지 않고, 흉내 내지 않고, 그저 각자의 삶을 살아간다.

살아 있는 모든 동식물 중에 서로 비교하고 질투하며 남을 흉내 내려 애쓰는 존재는 오직 인간뿐이다. 우리는 자신의 외모를 타인과 비교하며 그들의 눈과 코처럼 되고 싶어서 성형수술을 한다. SNS에서 본 인증샷을 따라 카페에 가고, 여행을 떠나고, 맛집을 찾아다닌다.

상담을 하다 보면 이런 이야기를 들을 때가 있다.

"고등학교 때 나보다 공부도 못하고, 임원도 한 번 못 해본 애가 나보다 훨씬 시집을 잘 가서 남부럽지 않게 사는 게 너무 속상해요."

나보다 못하다고 여겼던 친구가 어느새 더 나은 형편이 되니 질투가 나는 것이다. 그럼 나는 묻는다.

"그 친구가 부러워할 만한 무언가가 지금 당신에게는 하나도 없나요?"

그 말에 대부분은 "하나도 없다"고 답한다. 조금 더 생각해보라고 하면, 이내 "제 남편이 더 자상하다"라는 말을 하며 자신이 가진 작지만 소중한 것을 발견하기 시작한다. 그리고 겉으로는 더 화려해 보이는 그 사람 역시 어쩌면 속이 단단한 나를 부러워하고 질투할 수도 있다는 사실을 깨닫는 순간, 질투로 굳어 있던 얼굴이 서서히 풀어진다. 그쯤 되면 나는 이런 이야기를 해준다.

"그 친구가 나보다 공부도 못하고 임원도 못 했을 수는 있겠죠. 하지만 마음은 더 따스했던 게 아닐까요. 아니면 말없이도 주변 사람을 편안하게 해주는 능력이 나보다 컸던 건 아닐까요. 그런 것들은 성적표에 나타나지 않잖아요. 임원을 하는 조건도 아니고요. 어쩌면 내가 미처 보지 못한 그 친구의 미덕과 매력이 그 남편의 눈에는 보였던 게 아닐까요."

그러면서 앞으로 그 친구를 바라볼 때 질투 대신 감탄의 감정을 가져보라고 권한다. 질투와 감탄은 똑같이 친구를 부러워하는 감정이지만 그 중심이 나에게 있느냐, 그 사람에게 있느냐에 따라 전혀 다른 모습이 된다. 나를 중심에 두면 질투가 되지만, 그 친구를 중심에 두면 감탄이 된다. 우리가 인기 가수의 노래를 들으며 감탄하는 것도 비슷한 이유다. 나와 비교하지 않고 가수 자체를 중심에 두고 바라보기 때문이다. 그래서 질투가 나지 않는 것이다.

물론 이런 궁금증은 자연스레 떠오른다.

'어떻게 쟤는 저렇게 시집을 잘 간 걸까?'

하지만 그 질문을 '아마 내가 미처 보지 못한 어떤 매력이 있었을 것이다. 그게 뭘까?'로 확장해나가다 보면, 결국 내가 배우고 보완해야 할 미덕을 발견하는 데까지 이르게 된다.

주말이면 나는 고양시에 있는 상담센터로 부부 상담을 하러 간다. 호수와 꽃의 도시인 그곳에는 꽃 박람회가 자주 열려서 오가는 길에 종종 들르는데, 그때 꽃들을 바라보다 보면 서로 질투하지 않는 존재들이 어우러질 때 얼마나 아름다운 풍경이 만들어지는지 확인하게 된다. 지인이 잘 가꿔놓은 정원을 보았을 때도 비슷한 마음이 들었다. 정원의 꽃들은 서로 질투하지 않는다. 정원의 잔디도, 나무도 마찬가지다. 파라솔 아래 의자에 앉아 평화로운 마음으로 꽃과 잔디와 나무를 바라보고 있으면, 사람보다 훨씬 나은 철학을 가진 존재들에게서 인생을 배운다는 생각이 든다. 그래, 나도 너희처럼 사람을 질투하지 않고 살아야지. 내가 가진 것에 감탄하고, 다른 사람이 가진 것에 감탄하면서 말이다. 그럴 때 우리가 함께 만들어갈 정원은 또 얼마나 아름다울까.

진짜 행복은 다른 이의 눈에서 나오지 않는다

몇 년 전, 중국에서 한 소녀가 햄스터의 목에 끈을 묶어 거리로 나온 일이 화제가 된 적이 있다. 친구들이 강아지를 데리고 산책하는 모습을 보고 부러움을 느낀 소녀가 벌인 일이었다. 부모 형편상 강아지를 키울 수 없자, 집에서 기르던 햄스터라도 산책시키겠다며 밖으로 끌고 나온 것이다.

그 동영상을 보면서 나는 끌려가지 않으려고 애쓰는 햄스터도 안쓰러웠지만, 힐끗힐끗 오가는 사람들의 눈치를 보며 햄스터를 끌고 가는 어린 소녀도 안쓰러웠다. 꼭 저렇게 하면서까지 사람들의 관심과 주목을 받고 싶었던 걸까. 내가 보는 나보다 남이 봐주는 내가 더 중요해진 어린 소녀가 벌인 이 해프닝에 전 세계 사람들이 크게 공감한 이유는, 우리 모두의 마음속에도 비슷한 모습이 자리하고 있기 때문이다.

몇 해 전, 중국과 홍콩에서 직장을 다니던 조카가 디자인 공부를 위해 이탈리아로 떠났다. 그곳에서 조카는 뜻밖의 경험을 했다. 홍콩이나 중국에서 일할 때 친하게 지내던 지인들은 명품 가방에 명품 옷을 입으며 은근히 과시하곤 했다. 그러다 보니 명품이 없으면 괜히 기가 죽어 약속을 잡는 일도 꺼려졌다. 그런데 이탈리아에 가자 정반대의 풍경이 펼쳐졌다. 명품의 본고장에서 디자인을 전공하는 멋쟁이 학생들은 몇만 원짜리 티셔츠에 평범한 신발을 신고 공부했고, 사적인 모임에서도 다르지 않았다. 조카는 잔뜩 사가지고 갔던 명품 옷과 가방을 꺼내 들 엄두조차 내지 못했다. '우리가 명품인데 거기에 왜 명품을 걸치냐'는 게 그곳 학생들의 생각이었다.

조카는 이탈리아에서 몇 년간 공부하면서 점점 깨달

게 되었다. 명품 옷과 가방이 자신을 명품 인간으로 만들어주는 게 아니라, 자신이 명품 디자이너가 되면 무슨 옷을 입어도, 무슨 가방을 들어도 그 자체로 명품이 된다는 사실을 말이다. 그렇게 입고 메고 신는 것에서 자유로워지자, 삶이 훨씬 더 편하고 행복해졌다고 한다. 이제 조카는 정말 입고 싶을 때만 명품을 입는다. 누가 뭐라 하지 않으니 입기 편하고 느낌이 좋은 옷을 골라 입고, 발이 편한 저가의 운동화를 신고 디자인을 하며 사람을 만난다. 그러면서 왜 진작 이렇게 살지 못했을까 싶고, 그렇게 불편하게 살던 예전의 자신이 신기하다고 했다.

'임금도 저 싫으면 안 한다'는 말이 있다. 그런데 우리의 모습을 가만히 들여다보면 마치 '임금은 저 싫어도 꼭 해야 한다'는 새로운 속담을 만들어가며 사는 것처럼 보인다. 남들이 부러워하고 좋아하면 정작 내가 좋아하지 않는 일이라도 해야 잘 사는 삶이라고 믿기 때문이다.

나 역시 오랜 세월 남의 눈에 근사해 보이는 나를 만

들기 위해 온 정성을 쏟았다. 해도 해도 재미없는 공부를 죽자고 해서 높은 성적을 받았고, 박사학위를 취득했고, 교수가 되었고, 이런저런 사회적 감투도 썼다. 그런데 이상하게도 그럴 때마다 마음이 공허했다. 남들 눈에는 다 이룬 삶이었지만 내 눈에는 아무것도 이룬 게 없는 삶으로 느껴졌기 때문이다. 겉은 멀쩡한데 속은 텅 빈 공갈빵 같은 인생이란 생각이 자주 들었다.

조카의 이야기를 들으며 문득 내 모습이 떠올랐다. 나보다 더 높은 지위와 학력을 가진 사람을 보면 기가 죽었다. 죽자고 노력해 얻은 학력과 지위였지만, 그것들은 늘 비교의 대상이 되었고, 비교를 하다 보니 일하는 재미는 빠르게 사라져버렸다.

그러다 최근 한 가지 획기적인 일이 있었다. 가톨릭복자방송 유튜브 채널의 〈두루치기〉라는 프로그램에 모이세 신부님과 함께 진행자로 출연하게 된 것이다. 이 프로그램은 애초에 돈을 벌 수 없는 구조였다. 수도원에서 만든 방송이기도 했고, 출연자 가운데 돈을 벌어본 사람도, 돈을 벌 생각이 있는 사람도 없었다. 따라서 광고 수익을 기대할 수는 더더욱 없었다. 신부님 두 분과 내가 출연하니 오죽하겠는가. 대본을 쓰는 작가 역시 재능기부를 하는 듯했고, 시청자도 신자를 제외하면 거의 없었다. 그야말로 상업성은 제로에 가까운 방송이었다.

그런데 나는 이 방송을 찍으면서 최고의 행복을 경험하고 있다. 돈에서 자유로워지고, 인기에서 자유로워지고, 사람들의 시선에서까지 완전히 자유로워지자 거대한 편안함이 밀물처럼 밀려왔다. 한 달에 한 번 있는 촬영 날이 그렇게 기다려질 수가 없다. 영상을 여러 번 돌려보며 낄낄거리는 나를 발견하고는, 그 모습이 낯설어 또 한 번 웃곤 한다. 사람 사이에서 생기는 갈등과 관계의 어려움을 작가가 사연으로 풀어주면, 그것을 이성과 감성 그리고 영성으로 풀어나가는 과정이 너무 재미있어서 촬영 날짜가 다가오면 괜히 마음이 설렌다. 대본은 있지만 신부님들과 즉흥적으로 수다를 떨다 보면 어느새 시간이 훌쩍 지나 있다. 촬영을 마치고 근처 식당에서 못다 한 이야기를 나누고, 우아하게 커피까지 마시고 나면 문득 여기가 천국인가 싶고 우리가 천사라도 된 듯해 헤헤 웃음이 떠나질 않는다.

남에게 행복해 보이는 나를 만들기 위해 애쓰던 마음을 내려놓고, 그저 행복한 나로 존재하는 시간을 만들어가며 나는 비로소 깨닫고 있다. 이탈리아에 있는 조카가 얘기했던, 편한 옷을 입고 편한 신발을 신고 산다는 게 어떤 느낌인지 말이다. 남의 옷을 빌려 입고 살던 과거를 말끔히 벗어던지고, 그 옷을 세상에 반납한 뒤, 소박하고 보잘것없을지라도 나에게 꼭 맞는 옷을 입고 사는 삶. 그것이야말로 최고의 명품 인생이 아닐까. 나는 가끔 새로운 명품 인생을 사는 자신에게 조용히 박수를 보낸다.

명품 말고 나의 개성을 걸치는 법

한국이 1인당 명품 소비에서 전 세계 1위를 차지하고 있다는 얘기를 들었다. 명품 소비가 많은 나라로 알려진 미국이나 중국보다도 높은 수준이다. 명품의 나라라고 알려진 이탈리아에서조차 "전 세계 명품이 한국으로 향하고 있다, 한국은 전 세계 명품 시장의 별이다"라는 표현이 나올 정도고, 실제로 해외 명품 브랜드들이 앞다투어 한국 시장으로 몰려들고 있다고 한다.

외신들은 한국의 명품 선호도가 높은 이유를 '과시욕'에서 비롯되었다고 분석한다. 다른 사람에게 부러운 사람이 되고자 하는 욕구가 유독 강하다는 것이다. 그렇다면 우리는 타인이 무엇을 부러워하기를 바라서 명품을 선택하는 걸까. 그 답은 명품으로 대표되는 '외모'에 있다. 우리는 어느 순간부터 명품을 소유한 사람이 어떤 사람인지보다, 어떤 브랜드의 가방을 들고 어떤 브랜드의 옷을 입고 있는지를 통해 그 사람을 판단하는 데 익숙해졌다. 비싼 명품을 가진 사람일수록 괜찮은 사람일 것이라는 생각이 자연스럽게 받아들여지는 사회에서 살아가고 있는 셈이다.

한국은 다른 사람에게 과시하기 위한 명품 소비뿐만 아니라, 몸 자체를 과시하는 성형수술에서도 전 세계 1위를 차지하고 있다. 본래 성형수술은 미용을 위한 의술이 아니라, 교통사고나 화상 등으로 손상된 신체를 원래의 모습에 가깝게 복원하기 위한 재건 의술이었다. 그러나 우리나라에서는 얼굴과 몸을 더 아름답게 만드는 미용 성형이 알려지면서 성형수술이 하나의 경제적 가치로 자리 잡기 시작했다. 그 후 성형 산업은 비약적으로 발전했다. 그 결과, 우리나라는 남에게 보이는 몸과, 그 몸을 둘러싼 물건에 지나치게 집착하는 사회가 되어가고 있다.

겉으로 드러나는 몸과 장식이 얼굴이라면, 그 안에 담긴 품성과 인격은 표정이라 할 수 있다. 프랑스 엄마들은 자녀에게 이렇게 말한다고 한다.

"얼굴은 네 것이지만 표정은 네 것이 아니야."

표정은 보는 사람의 몫이기 때문이다. 그래서 웃어야 한다. 우리나라 동요에도 '얼굴 찌푸리지 말아요. 모두가 힘들잖아요'라는 가사가 있지 않은가.

남들이 좋아할 만한 것은 아무것도 갖추지 않은 채, 남들이 자기를 좋아하지 않는다고 남 탓을 하거나 자기 운명을 탓하는 사람이 있다.

식물이 벌과 나비에게 사랑받는 이유는 꽃이 아름답기 때문이다. 그러나 꽃이 아름답기만 해서는 진짜 사랑을 받기 어렵다. 꽃 속에 달콤한 꿀을 담고 있어야 벌과 나비의 사랑을 듬뿍 받는다. 벌과 나비가 찾아오지 않는다고 해서 그들을 원망하는 꽃은 없다. 꽃은 그저 최선을 다해 자신의 꽃을 피우고, 꽃 속에 꿀을 가득 담을 뿐이다. 그렇게 할 때 비로소 벌과 나비가 자연스레 날아온다.

사람도 마찬가지다. 외모가 수려한 사람에게 시선이 가는 건 자연스러운 일이다. 벌과 나비가 아름다운 꽃을 좋아하는 것과 다르지 않다. 하지만 그 꽃이 악취 나는 오물을 품고 있다면, 다가왔던 벌과 나비는 다시는 그 꽃을 찾지 않을 것이다. 이와 마찬가지로 어떤 사람의 외모가 아무리 아름다워도 말투가 천박하고 행동이 무례하다면, 사람들은 결국 그 사람에게서 등을 돌리고 만다.

아무리 명품으로 몸을 장식하고 성형수술로 아름다운 얼굴을 갖추고 있다 하더라도 말과 행동이 거칠다면, 명품과 성형은 오히려 그 사람을 더 우습게 만드는 독이 될 수 있다. 가장 좋은 것은 속도 괜찮고 겉도 괜찮은 사람이 되는 것이다. 하지만 그것이 어렵다면, 반드시 속이 먼저여야 한다. 속을 가꾸는 데에는 큰돈이 들지 않고 뼈를 깎는 고통을 겪지 않아도 된다. 훨씬 덜 고통스럽다. 그 후에 여력이 생기면 그때 외모를 가꾸어도 늦지 않다. 문제는 순서를 바꾸거나, 속을 돌보지 않은 채 겉에만 온 마음을 쏟을 때 생긴다.

최근 나는 〈이서원의 감정식당〉이란 개인 유튜브 채널을 만들었다. 그런데 구독자 수가 몇십 명에 머문 채 몇 주가 지나도 좀처럼 늘지 않았다. 채널을 만들어준 피디에게 이유를 물었더니, 그가 웃으며 이렇게 말했다.

"사람들이 좋아할 만한 게 아직 없어서 그런 게 아닐까요?"

짧지만 정곡을 콕 찌르는 말이었다. 꽃은 수수했고, 그 속에 담긴 꿀도 빈약했다. 나는 그 사실을 깨끗이 인정했다. 외모는 비용과 시간이 많이 들어 당장 바꾸기 어려우니, 대신 속을 달고 진하게 채워야겠다고 마음먹었다. 그러자 구독 버튼을 누르지 않은 사람들이 원망스럽기보다 아직 충분히 채우지 못한 내 실력부터 돌아보게 되었다. 내가 더 많은 꿀을 맛있게 담을수록 구독자 수는 자연히 늘어날 것이다. 사람들이 나를 찾지 않는 이유는 꿀이 부족하기 때문이다. 그 꿀을 만들어가는 과정 자체가 나를 아름답게 빚어가는 인생의 여정이다.

겉모습이 화려한 꽃이 명품이 아니라, 속에 담긴 꿀이 진짜 명품이다. 겉이 아니라 안이 명품이 되어야 한다. 명품을 걸치는 것보다 내공이 배어나는 자기만의 개성을 걸칠 때, 사람은 훨씬 더 아름답다.

다른 사람의 열쇠는 내 열쇠가 아니다

노벨문학상 수상자인 폴란드의 시인 비스와바 쉼보르스카Wislawa Szymborska의 시 〈열쇠〉*의 첫 문장은 이렇게 시작된다.

열쇠가 갑자기 없어졌다.
어떻게 집으로 들어갈까?
누군가 내 잃어버린 열쇠를 주워 들고
이리저리 살펴보리라 – 아무짝에도 소용없을 텐데.

* 《끝과 시작》 수록, 최성은 옮김, 2016년, 문학과지성사

걸어가다 그 쓸모없는 쇠붙이를
휙 던져버리는 게 고작이겠지.

우리가 불안하고 힘든 이유는 내 열쇠를 찾지 못한 채 살아가기 때문이다. 우리는 자꾸 다른 사람의 열쇠를 내 것이라 착각한 채 '내 삶의 문제'라는 자물쇠를 열려고 한다. 그러나 자물쇠는 좀처럼 열리지 않는다. 그때 이런 의문이 수없이 반복된다.

'어, 다들 이 열쇠로 열면 된다고 하던데, 왜 나만 열리지 않는 거지?'

손에 쥔 것이 남의 열쇠라는 사실은 꿈에도 모른 채 아무짝에도 소용없는 열쇠를 내 자물쇠에 밀어 넣는다. 사실 휙 던져버려도 될 열쇠를 우리는 계속 만지작거리고 있는 것이다.

상담실을 찾는 사람들 가운데에는 젊고 성실한 이들이 간혹 있다. 그들의 공통점은 상담을 받기 전에 수많은 자료를 미리 찾아보고 온다는 것이다.

"선생님 나온 유튜브를 빠짐없이 다 봤어요."

"선생님 쓰신 책도 다 읽어보고 왔어요."

"〈법륜스님의 즉문즉설〉도 엄청 보고 왔어요."

그럼 내가 "그런데도 왜 제게 상담받으러 왔나요" 하고 물으면, 돌아오는 대답은 어김없이 비슷하다.

"다 보긴 했는데 저한테 꼭 들어맞는다는 생각은 들지 않더라고요."

비슷하게 생긴 열쇠를 구해서 내 자물쇠를 열려고 하면 처음에는 쏙 들어가는 듯하다가도 끝에 가서 맞지 않는다. 그럴 때 더 속이 상할 거라는 건 충분히 예상되는 일이다. 세상에 나 같은 문제를 가진 사람은 단 한 명, 나밖에 없다. 세상 누구도 나와 똑같은 고민을 하는 사람은 없다. 내 인생의 자물쇠는 오직 나만의 열쇠로만 열 수 있다.

나에게는 두 살 터울의 동생이 있다. 동생은 어릴 때부터 멋내기를 좋아했다. "나중에 커서 어떻게 살고 싶냐"고 물으면, "돈 많이 벌어 멋지게 살거야" 하고 답했다. 중학교 시절, 우리 가족 중에 나이키 브랜드의 운동화를 가장 먼저 산 것도, 브랜드 청바지를 가장 먼저 산 것도 동생이었다. 동생은 지금도 건강한 몸으로 멋진 신사 같은 삶을 살고 있다. 동생에게 맞는 인생의 열쇠는 '풍요로운 삶'이었다.

반대로 동생이 "형은 어떻게 살고 싶냐"고 물으면, 나는 "사람들이랑 웃으며 살거야"라는 다소 황당한 대답을 하곤 했다. 사람을 좋아해서, 가르치기도 하고, 배우기도 하면서 함께 웃으며 살고 싶다고 했다. 중학교 시절부터 나는 책을 읽거나 글을 쓰고, 가만히 앉아 생각하는 시간을 좋아했다. 지금도 나는 그런 일을 하고 있다. 작가이자 방송 진행자, 그리고 상담사로 여러 사람들과 함께 웃으며 지내고 있다. 나에게 맞는 열쇠는 '어울리는 삶'이었다.

동생도, 나도 행복한 이유는 우리 두 사람 모두에게 꼭 맞는 열쇠를 찾았기 때문이다. 만약 동생이 상담 일을 했다면 힘들어하고 시시해했을 것이다. 멋있는 삶과는 거리가 먼 일이기 때문이다. 반대로 내가 부를 좇는 삶을 살았다면 힘겨워했을 것이다. 돈거래를 하고, 그와 관련된 협상을 하는 삶은 내가 원하는 따뜻한 삶과는 맞지 않기 때문이다. 우리 형제는 날마다 자기 열쇠를 허리춤에 쩔렁쩔렁 차고 산다. 해가 지면 각자의 열쇠를 든 채 자기 인생이라는 자물쇠를 철커덕 열고 들어가 나른하고 행복한 저녁을 맞이한다.

자식을 키우며 부모가 자칫 저지르기 쉬운 실수 가운데 하나는 '모두 똑같이 키운다'는 원칙을 끝까지 고수하는 것이다. 아이가 셋이면 셋 모두에게 같은 것을 사주고, 같은 것을 먹이고, 같은 규칙을 적용한다. 그러다 보면 이상하게도 꼭 한 명이 반발한다. 유독 그 아이만 부모 말을 거역하고 반항하다가 심하면 가출로까지 이어진다. 부모는 "똑같이 대해줬는데 쟤만 못 받아들인다"면서, 문제의 원인을 아이에게서 찾고 상담실로 데려온다. 그러나 이런 경우 십중팔구 결론은 같다. 문제는 아이가 아니라 서로 다른 아이들을 '똑같이' 키우려 한 부모에게 있다. 그런 상황에서 나는 이렇게 말한다.

"그 아이는 다른 두 아이와 달라요, 어머니. 그 아이는 바로 답을 얻어야 하는 아이예요. 기다리는 걸 견디지 못하죠. 그런데 계속 기다리게 했으니 얼마나 죽을 맛이었겠어요. 그게 쌓이고 쌓여 이렇게 폭발한 거예요. 세 아이는 다 다른 방식으로 키워야 해요. 순한 아이는 따스하게 품어 키우고, 강한 아이는 분명한 규칙을 정해 단호하게 키우고, 느린 아이는 가만히 기다려주면서 키워야 합니다."

자식마다 다른 열쇠를 발견하고 그 아이에게 맞는 열쇠를 마련해주는 것. 그것이 현명한 부모가 해야 할 일이다.

우리는 모두 서로 다른 열쇠를 들고 세상에 온다. 인생이라는 보물찾기는 나에게 맞는 열쇠를 찾는 과정이다. 남의 열쇠는 결코 내 열쇠가 아니다.

꾸밈 없는 자신의 모습을 스스로 찾을 수 있는 나이

한번은 학교에 잘 적응하지 못한 아이들이 모인 고등학교에 강의를 나간 적이 있다. 강당에는 50여 명의 학생들이 앉아 있었는데, 누구 하나 바로 앉아 있는 아이가 없었다. 대부분은 거의 누운 듯한 자세로 자리를 차지하고 있었다.

강의를 시작하려는데, 제일 앞자리에 앉은 아이가 손을 번쩍 들었다.

"언제 끝나요?"

어이가 없었다. 아직 시작하지도 않았는데 언제 끝나는지를 묻다니. 헛웃음이 나왔다. 얼마나 이 강의를 듣는 게 싫으면 저런 질문을 할까 싶어서였다. 다른 아이들이 키득키득 웃었다.

그런데 묘하게도 나는 이 넉살 좋은 아이에게 호감이 갔다. 그래서 그 아이에게 되물었다.

"넌, 이름이 뭐냐?"

"태현인데요."

"태현아, 너 성격 좋네."

"다들 그래요."

"태현아."

"예?"

"대한민국에서 누가 널 싫어하겠니?"

"헤헤. 좀 있던데요."

나는 태현이를 가만히 응시하며 천천히 물었다.

"태현아, 그게 네 잘못이니?"

순간 태현이의 눈빛이 움찔했다.

"잘 모르겠는데요."

태현이와 나 사이에 잠시 침묵이 흘렀다. 너무 조용해 아이들이 꿀꺽 침을 삼키는 소리마저 들릴 정도였다. 강의를 마치고 강당을 나서는데, 태현이가 따라 나왔다.

"쌤, 번호 줄 수 있어요?"

"아, 그럼."

그날 밤 자정이 가까워졌을 무렵, 태현이에게서 짧은 메시지를 받았다.

'다음에 또 언제 와요?'

나는 다음 주에 한 번 더 간다고 답했다. 그리고 그 주가 되어 학교에 가보니, 태현이는 후배 10여 명을 데리고 와서는 "똑바로 앉아서 들어" 하고 한마디를 건네고 있었다.

태현이는 특별히 잘못한 것이 없는데도, 다른 사람의 기준에 맞지 않는다는 이유로 왜곡된 평가와 비난을 반복해서 받아온 아이였다. 그 과정에서 상처를 입고 또 입었다. 그래서 "그게 네 잘못이냐"라는 내 말에 태현이는 움찔했고, 그 순간 처음으로 자신의 인생을 가만히 돌아볼 수 있었던 것이다.

배가 아무리 달아도, 깊은 맛을 기준으로 보면 무 맛

만 못하다고 느껴질 수 있다. 마찬가지로 다른 사람의 기준으로 보면 나는 못난 사람일 수 있지만, 나만의 기준으로 보면 오히려 다른 사람보다 나은 사람일 수도 있다. 이 사실을 깨닫는 순간, 잘나고 못났다는 평가는 대상의 문제가 아니라 그것을 바라보는 시선의 문제라는 것을 알게 된다. 그렇다. 기준이 달라지면 평가도 달라진다.

영어에 'apple or orange'라는 표현이 있다. 사과는 사과로서의 맛이 있고, 오렌지는 오렌지로서의 맛이 있는 것이지 어느 쪽이 더 낫다고 단정할 수 없다는 뜻이다. 사람 역시 마찬가지다. 세상의 기준으로 나를 재단하고 평가하는 일은 온당치 않다. 나에게 가장 어울리는 기준을 발견하기 전까지 나는 아직 제대로 된 평가를 받지 못한 존재일 뿐이다.

제대로 세상을 살고 싶다면, 나에 대한 평가를 함부로 세상에 맡기지 않는 줏대 있는 마음이 필요하다. 그런 마음을 갖게 되면 세상은 더 이상 두려운 곳이 아니다.

오히려 세상이 나를 돕기 위해 존재하는 것 같은 아름다운 착각이 든다. 너는 너로 살고, 나는 나로 살면 되니 다른 사람에게 적대감을 가질 이유도 없고, 나를 과시하려 애쓸 필요도 사라진다. 그렇게 살다 보면 자연스레 나를 꾸밀 필요도 없어지게 된다.

그 후 나는 나를 초청해주셨던 상담 선생님께 태현이의 안부를 물었다. 태현이는 그날 이후 말수가 줄어들었다고 했다. 아이들과 낄낄거리며 어울리기보다 혼자 벤치에 가만히 앉아 있는 시간이 많아졌다는 얘기도 들었다. 그 이야기를 듣는 순간, 나는 태현이가 알에서 막 깨어나는 병아리처럼 조금씩 달라지고 있다는 느낌을 받았다. 세상을 향해 독설을 날리는 데 쓰던 에너지를 자신을 가만히 들여다보는 데 쓰기 시작한 것이다. 순해진 태현이가 그렇게 자기 삶의 첫발을 내딛고 있었다.

사람은 본래의 자기 모습을 발견하기가 쉽지 않다. 그러나 살다 보면 진짜 내 모습을 알아봐주는 사람을 만나게 될 때가 있다. 그때 비로소 우리는 진짜 내 모습이 무엇인지 진지하게 고민하게 된다.

내 안에 잠들어 있던 거인을 흔들어 깨워주는 사람을 만날 때, 우리는 깨어난다. 그런데 오십이라는 나이는 그간의 경험이 스승이 되어주는 시기다. 누군가의 도움 없이도 스스로를 흔들어 깨울 수 있다. 지금까지 살아온 삶의 방식을 돌아보며 그 안에서 진짜 내 모습을 발견해보자. 그리고 그중 좋은 점을 끌어올려 자기만의 철학으로 정의해보자.

이미 충분하다

제주 1년살이를 하며 알게 된 것이 하나 있다. 제주도는 사시사철 꽃이 피는 섬이라는 사실이다. 봄에는 유채꽃이, 여름엔 수국이 피고, 가을에는 억새가, 겨울엔 동백꽃이 제주를 물들인다. 그중에서도 가장 오래 기억에 남은 있는 꽃은 동백이었다. 온화한 기후를 좋아해 제주에 많이 피는 동백꽃은, 꽃이 질 때 잎이 하나씩 떨어지지 않고 꽃 전체가 통째로 떨어진다. 그래서 동백꽃은 나무에 매달려 있을 때도 아름답지만, 떨어진 뒤에 더 아름다운 희귀한 꽃이다. 나는 그렇게 떨어진 동백꽃이 가득한 꽃밭이 있어서 제주도가 참 좋았다.

우리의 인생도 제주도 꽃과 닮았다. 삶을 봄, 여름, 가을, 겨울로 나누어보면 꽃이 피지 않는 계절은 없다. 다만, 계절마다 다른 꽃이 필 뿐이다.

어린 시절에 해당하는 봄에는 '기쁨'이라는 꽃이 핀다. 새롭게 생명을 꽃피우는 일은 기쁨을 불러온다. 노란 개나리에 담긴 감정은 기쁨이다. 노란 어린이집 버스를 타기 위해 노란 옷을 입고 기다리는 아이들을 보고 있으면, 나도 모르게 배시시 입가에 미소가 번진다.

청년기에 해당하는 여름에는 '열정'이라는 꽃이 핀다. 뜨겁게 사랑하고, 온몸을 던져 일한다. 불길이 치솟는 현장에 뛰어들어 붉은 방화복을 입고 불을 끄고 있는 소방수를 보듯, 나도 모르게 가슴이 뜨거워지는 시기다.

중년기에 해당하는 가을에는 '즐거움'의 꽃이 핀다. 최선을 다해 살아온 시간이 저마다의 결실로 돌아올 때 삶에는 잔잔한 즐거움이 깃든다. 이 즐거움은 붉은 열정이 발효된 갈색에 가깝다. 잘 로스팅된 커피가 내는 색처럼 삶의 농도가 짙어진 색이다.

노년기에 해당하는 겨울에는 '지혜'의 꽃이 핀다. 온갖 얼룩으로 더러워진 땅을 순수하게 덮는 눈처럼 노년기의 색은 흰색이다. 하얀 눈을 보고 있으면 마음이 평화로워지듯, 무슨 일에도 쉽게 동요하지 않는 지혜로운 노인의 이야기를 듣다 보면 마음이 편안해지고 포근해진다.

인생에서 '가장 좋은 때'란 존재하지 않는다. 모든 때가 좋은 때이기 때문이다. 젊을 때는 활력이 넘쳐서 좋고, 나이가 들었을 때는 지혜가 충만해서 좋다. 매 순간 그때에 어울리는 꽃이 피었다가 때가 되면 지고, 또 다른 꽃이 피어오른다. 그렇게 평생 꽃을 피우다 세상을 떠나는 것이 우리 인생의 여정이다.

나에게도 '좋지 않은 나'는 존재하지 않는다. 다만 내가 미숙해서 최선을 다해 살아온 나를 제대로 바라보지 못할 뿐이다. 나태주 시인이 "자세히 보아야 예쁘다, 너도 그렇다"고 했듯, 자세히 보면 나는 언제나 예쁘다. 지금도 충분히 괜찮다.

20대에 쓴 일기장을 다시 펼쳐본 적이 있다. 차마 다음 장을 넘기기 어려울 만큼 자기혐오와 자기비난으로 빼곡하게 채워져 있었다. 순간 '이걸 다 불태워버릴까' 하는 충동이 일었다. 내 삶에서 이런 흑역사를 지워버리고 싶었다.

'이렇게 살면 안 된다'는 말들이 매일 다른 표현으로 가득한 일기장을 앞에 두고, 나는 스스로에게 질문을 던졌다.

'지금의 내가 그때로 돌아간다면 어떤 일기를 쓸까?'

그러자 생각지도 못한 말이 툭 튀어나왔다.

"잘하고 있는데 뭘."

순간 눈시울이 붉어졌다. 그래, 그때 나는 참 잘하고 있었다. 더 나은 내일을 꿈꾸며 낮에는 불만족스러운 삶을 버텼고, 밤에는 실낱같은 꿈을 붙잡고 잠들었다. 어느 것 하나 확실한 것이 없었지만, 아무것도 정해져 있지 않았기에 무엇이든 꿈꿀 수 있었다. 그 성장통은 그 나이의 나에게 꼭 필요한 통증이었다. 그런 고민과 고뇌가 있었기에 한 걸음 더 나아갈 의지가 생겼고, 실제로 앞으로 나아갈 수 있었다. 만약 순간만을 즐긴 채 스스로를 돌아보지 않았다면 나는 여전히 그 자리에 머물러 있었을지도 모른다.

제주도가 사시사철 다른 꽃으로 아름답게 피어나듯, 나 역시 평생 다른 색과 다른 모습으로 멋지게 피어난다. 제주도가 언제나 아름답듯, 나도 언제나 멋지다. 그런 나를 굳이 모진 말로 아프게 하지 말자. 나 말고도 나를 아프게 할 사람은 세상에 이미 충분히 많으니까. 앞으로의 삶에서만큼은 '나는 언제나 충분히 멋지다'라고 인정하며 살아보자.

자기 철학을 위한 두 번째 질문들

지금까지 살면서 가장 부러웠던 사람을 떠올려 보자. 그 사람의 무엇이 부러웠는지, 그리고 나 역시 그렇게 되기 위해 무엇을 애써 왔는지 생각해보자. 반대로 누군가 나를 부러워한다면 그 이유가 무엇일지 떠올려보자.

1. 가장 부러웠던 사람과 그 이유

2. 나도 그렇게 되기 위해 애쓴 것

3. 누군가 나를 부러워할 이유

4. 이 질문과 대답을 통해 알게 된 내가 중요하게 여기는 것들

3장

[마주하기]

내 안의
목소리를 발견하는
기쁨

불확실한 미래와 친구 되는 자세

미국의 사상가 랄프 왈도 에머슨Ralph Waldo Emerson은 '하루가 전혀 모르는 것을 긴 세월이 알려준다'고 말했다. 또한 '하루는 축소된 영원이다'라는 알 듯 말 듯한 말을 남기기도 했다.

나는 에머슨의 말을 이렇게 이해했다. 철없던 시절을 지나 철드는 시기가 되면 미래가 늘 불확실하다는 사실을 알게 된다. 속으로 끙끙 앓든 태평하게 있든 미래를 알 수 없는 점은 똑같다. 그래서 미래를 걱정하며 전전긍긍하는 일은 불필요한 에너지 낭비나 다름없다. 대신 확실한 현재를 충실히 사는 것이 미래를 대비하는 가장 좋은 방법이다. '하루를 알지 못한다'는 것은 '오늘을 충실히 살면 미래가 밝아질 수 있다'는 말이다. 긴 세월은 바로 그 사실을 증명해준다. 믿기 어렵겠지만 정말 그렇다.

그런데 꼭 미래까지 가지 않더라도 하루를 꽉 채워 충실하게 산 날은 잠들기 전에 뿌듯한 마음이 든다. 충실하게 살아낸 시간이 현재라면, 잠들기 전의 그 뿌듯함은 이미 미래에 가닿아 있다. 그래서 에머슨이 '하루는 축소된 영원'이라고 한 것이다. 과거, 현재, 미래가 하루 속에 다 들어 있으니 말이다. 하루 종일 뒹굴거리며 늘어지게 자고 놀기만 한 날에는 어쩐지 잠들기 전에 부끄럽고 민망한 마음이 든다. 그 감정 역시 하루 속에 과거와 현재, 미래가 다 담겨 있다는 증거다.

우리가 잘 아는 이야기 가운데 강태공과 문왕의 이야기가 있다. 강태공은 위수渭水 강가에서 낚시를 하며 지냈다. 그런데 그의 낚시는 매우 기이했다. 미끼도 달지 않은 낚싯바늘을 물 위로 띄워 놓은 채 낚시를 하는 것이다. 이를 의아하게 여긴 사람들이 이유를 묻자, 그는 이렇게 답했다.

"나는 고기를 낚는 것이 아니라, 나를 쓸 군주를 기다리는 것이다."

그러던 어느 날, 서쪽 제후였던 주나라의 문왕이 사냥을 나왔다가 위수에서 강태공을 만나 대화를 나누게 되었다. 문왕은 덕이 깊은 인재를 갈망하던 군주였기에, 강태공의 말과 식견에 깊이 감탄하며 말했다.

"우리 조상 태공께서 '성인이 나타나 주나라를 도울 것'이라 하셨는데, 바로 그대이십니다."

이때부터 문왕은 강태공을 국사國師로 삼아 극진히 예우했다.

이 이야기에서 우리가 눈여겨봐야 할 점이 하나 있다. 강태공이 문왕을 만났을 당시의 나이다. 전해지는 이야기에 의하면 그는 여든에 가까웠다. 그렇다면 그 긴 세월 동안 강태공은 무엇을 하며 살아온 것일까. 그는 언젠가 올지도 모를, 자신을 알아봐줄 군주를 기다리면서도 그는 확실한 오늘을 헛되이 보내지 않았다. 쉼 없이 공부하고 사유했다. 만약 강태공이 하루하루를 충실하게 살지 않았다면, 문왕을 만났을 때 그저 시답잖은 노인일 뿐이라고 여겨져 등용은커녕 조소와 멸시를 받았을지도 모른다. 그러나 강태공은 인내심이 대단한 사람이었다. 평생을 하루하루 충실히 사는 것으로 버티고 견뎠다. 아마도 그는 매일 밤 잠자리에 들기 전, 그날 공부하고 깨달은 것을 떠올리며 뿌듯해했을 것이다. 그런 시간이 켜켜이 쌓여 실력과 내공이 되었고, 자신의 실력과 내공에 믿음이 생겼을 때 비로소 낚시를 하며 지내기 시작했을 것이다.

유비가 삼고초려로 모셔온 제갈공명 역시 강태공과 다르지 않다. 만약 제갈공명이 잡기에 빠지거나 술이나 마시며 허송세월을 보냈다면 유비가 찾아올 리도 없었을 것이다. 설령 찾아왔다 해도 크게 실망하여 그를 멀리하고 말았을 것이다. 유비에게 제갈공명이 가히 천하의 인재로 보일 수 있었던 건, 그가 확실한 하루하루를 충실하게 공부하며 보냈기 때문이다.

강태공과 제갈공명의 이야기는 우리에게 이렇게 말

하고 있다. 확실한 현재를 대충 살아온 사람이 불확실한 미래에서 원하는 것을 얻는 법은 없다고.

미국의 부자들 중에는 자녀가 고등학생쯤 되면 편의점 아르바이트나 공장 일 같은 노동을 경험하게 하는 경우가 종종 있다고 한다. 경제적으로 풍족한 부모들이 왜 굳이 자녀를 힘든 현장으로 내보내는 걸까. 어쩌면 이것 역시 에머슨의 말처럼 불확실한 미래를 대비해 확실한 현재의 경험으로 사람을 단련시키려는 마음에서 비롯된 선택일지 모른다.

언젠가 한 캐나다 교포에게서 캐나다의 식목일이 9월이라는 이야기를 듣고 그 마음을 이해하게 되었다. 가장 햇살 좋은 4월에 나무를 심는 한국과 달리 차가운 바람이 불기 시작하는 가을에 나무를 심는 것은 앞으로 맞이할 춥고 힘든 겨울을 미리 맛보게 함으로써 스스로 설 수 있는 힘을 길러주기 위해서라고 한다.

인생은 꿀통에 담긴 꿀을 퍼먹는 일이 아니라 날카로운 가시 사이에서 꿀을 빨아내는 과정의 연속이다.

확실한 현재를 담금질할수록 불확실한 미래를 잘 맞이할 수 있다. 불확실한 미래와 친구가 되는 가장 좋은 방법은 확실한 현재를 하루하루 귀하게 보내는 것이다.

노후 자금이 걱정된다면 지금 조금씩 준비하고, 노후 건강이 염려된다면 지금 운동을 시작해보자. 그것이 후회 없이 최선을 다하는 삶이다.

비교와 경쟁이 만든 가짜 성공

"남이 나보다 나으면 열등감을 느끼고, 남이 나보다 못하면 우월감을 느끼지?"

"아빠, 나는 안 그런데."

"그럼?"

"남이 나보다 나으면 대단하다고 생각하고, 남이 나보다 못하면 안타까움을 느끼는데."

"왜?"

"보통 나보다 나은 사람들은 내가 노력해도 따라갈 수 없는 경우가 많더라고. 그래서 그냥 대단하다고 생각하는 거지. 그리고 나보다 못한 사람들은 나처럼 되고 싶어도 그렇게 못 되는 경우가 많은 것 같아. 그러니까 안타까운 거지."

"얼마 전에 일어난 브라운대학교 총기 사고가 열등감이 시기, 질투로 변해 나타난 참극이라고 하더라. 만약 자기보다 잘난 사람을 보며 너처럼 '대단하다'고 생각했더라면, 그런 끔찍한 일까지는 생기지 않았을지도 모르겠다."

"그럴 수도 있었을 것 같네."

아들과 대화를 나누다 문득 이런 의문이 들었다. 남이 나보다 나을 때 열등감 대신 '대단하다'는 감정이 먼저 드는 사람은 어떤 사람일까? 곰곰이 생각해보니, 그 차이는 결국 '자기 객관화가 되어 있느냐, 되어 있지 않느냐'에 달려 있었다. 자신의 능력이 어느 정도인지, 그 능력으로 어디까지 이룰 수 있는지 아는 사람은 자기 객관화가 잘된 사람이다. 그런 사람은 자기보다 훨씬 뛰어난 사람을 보아도 열등감보다 감탄을 먼저 느낀다. 이번 생에서 내가 가질 수 있는 재능과 가질 수 없는 재능을 분명히 알고 있기 때문이다.

예를 들어, 나는 손흥민 선수가 축구 잘하는 모습을 보며 열등감을 느끼지 않는다. 그저 대단하다고 생각할 뿐이다. 나는 죽었다 깨어나도 손흥민 선수처럼 될 수 없다는 사실을 잘 알고 있기 때문이다. 그래서 '이 선수, 정말 대단한걸!' 하며 감탄으로 이어진다. 여기에는 열등감이 끼어들 여지가 없다.

이런 태도는 주변 사람들에게도 마찬가지로 적용된다. 자기 객관화가 잘된 사람은 자신의 능력과 한계를 알고 있기에, 자기보다 무엇 하나라도 뛰어난 사람을 보면 대단하다고 생각할 뿐 열등감을 느끼지 않는다. 물론 순간적으로 속상한 마음이 들 수는 있다. 하지만 그것이 어쩔 수 없는 감정이라는 것을 받아들이며 마음을 내려놓는다.

자기 객관화가 잘된 사람은 자연스럽게 타인 객관화도 잘한다. '저 사람은 저만큼 노력하고 있지만 어느 정도 이상은 되기 어렵겠구나' 하는 판단을 할 수 있다. 동시에 그 한계를 넘고 싶어서 얼마나 간절히 애쓰고 있을

지도 짐작하게 된다. 그 결과, '안됐다'는 생각과 함께 연민의 감정이 먼저 든다. 이는 우월감과는 전혀 다른 감정이고 생각이다.

나 역시 고등학교 때 아무리 열심히 공부를 해도 나보다 앞서 있는 친구를 넘어설 수 없다는 사실을 깨달은 적이 있다. 그러다 어느 순간 그 아이가 뛰어나다는 걸 받아들이게 되었다. '이건 노력해서 될 일이 아니다. 그냥 저 아이는 나보다 뛰어난 아이다' 하고. 그러자 마음이 편안해졌다. 시간이 지나고 어른이 된 그 애를 보니 여전히 능력이 뛰어나다는 걸 느꼈다. 역시 그때 인정하기를 잘했다는 생각이 들었다.

'왜 내가 모든 분야에서 다 뛰어나야 한단 말인가. 어떤 한 분야에서만 내가 남보다 좀 더 수월하게 잘하면 된다.'

이렇게 생각하는 것이 자기 객관화의 출발이다. 현실에 단단히 발을 딛고 미래를 바라보는 태도. 그것이 제대로 된 삶을 사는 비결이다.

나를 잘 알수록 타인을 보며 열등감이나 우월감을 느

낄 일은 줄어든다. 나에게는 나만의 하늘이 있다. 그 하늘 아래 즐겁게 살면 된다. 나보다 고수를 만나면 대단하다고 감탄하면 되고, 하수를 만나면 안쓰럽게 바라보며 안타까워하면 된다.

반대로 남에게 열등감이나 우월감을 느끼는 사람은 자기 객관화를 잘 못한다. 나 자신을 남과 비교하며 어떻게든 이겨보려고 하는 마음은 자기 객관화가 부족하다는 신호다. 자기 객관화가 이루어지지 않은 채 비교하고 경쟁해서 이기고 나면 더 큰 문제가 기다리고 있다. 뛰는 사람 위에 나는 사람이 있다는 현실을 다시 마주하게 되기 때문이다.

아무도 공부하지 않는 학교에서는 남들과 비교해가며 우월감을 느끼던 아이도, 모두가 미친 듯이 공부하고 선행학습을 4, 5년씩 하는 학교로 옮기면 열등감에 시달리게 된다. 자신의 한계를 돌아보지 않은 채 상대를 이기려고만 하기 때문이다.

'자기 객관화'란 자신의 한계를 스스로 알고 인정하는 일이다. 세상에 모든 걸 잘하는 전지전능한 사람은 없다. 따라서 이것은 슬픈 일이 아니라 도리어 기뻐해야 할 일이다.

나에게 상담을 가르쳐준 선생님이 말씀하시길, 90년 평생 만나본 사람들 중에 병원에 근무하던 남자 간호조무사들이 가장 행복해 보였다고 한다. 그들은 자신의 분수를 알고 다른 사람을 부러워하지 않았다. 자신의 한계 안에서 작은 성취에 크게 기뻐하고, 다른 사람의 성취도 함께 즐거워하며 수십 년을 살아왔다고 한다. 선생님은 그 모습을 보며 '대한민국에서 가장 행복하게 사는 사람들이 아닐까' 하는 생각이 들었다고 하셨다.

비교와 경쟁에서 이기는 성공은 잠시 머무는 성공일 뿐 오래 지속될 수 없다. 언제든 더 뛰어난 사람이 나타날 수 있기 때문이다. 그런 성공은 불완전하고 일시적이다. 반대로, 비교와 경쟁을 내려놓은 채 나만의 색깔로 살아가는 것은 진짜 성공이다. 그것은 나 말고는 누구도 대신할 수 없는 대체 불가능한 성공이기 때문이다. 이렇듯 나만이 할 수 있는 일을 내 방식으로 해내는 것이 인생에서 도달할 수 있는 최고의 성공이다.

내 속에 내가 없다

산속 암자에서 살 때, 방학인 해제解制가 되면 선방에서 공부하던 스님들이 암자로 돌아오곤 했다. 스님들은 모두 똑같이 머리를 깎고, 똑같은 회색 승복을 입고 있었다. 그런데도 단 한 명도 같은 사람처럼 느껴지지 않았다. 각자 자기만의 색깔이 분명했고, 하는 이야기도 모두 달랐다. 같은 머리에 같은 옷이었지만 모두 다른 사람이었다.

결혼한 뒤에는 도시에서 여러 해를 살았다. 산 아래 도시 사람들은 자주 카페에 모여 이야기를 나누었다. 카페에 오는 사람들은 머리 모양도 제각각이었고 입는 옷도 모두 달랐다. 그런데 하는 이야기는 늘 비슷했다. 다른 머리에 다른 옷이었지만 모두 같은 사람처럼 보였다.

그러다 신학대학원에서 여러 학기 수업을 맡게 됐다. 수도원에 살고 있는 수사님들은 수업 시간이 되면 교실로 내려왔다. 머리만 깎으면 스님과 다를 바 없었지만, 그들 역시 자기만의 색깔이 분명했고, 하는 이야기도 저마다 달랐다. 모두 다른 사람이었다.

산속 암자에는 나답게 사는 스님들이, 신학대학원 교실에는 나답게 사는 수사님들이 있었다. 나는 스님과 수사님 들을 10여 년간 아주 가까운 거리에서 만나며, 수도자와 사회인들 사이에 두 가지 차이점이 있다는 걸 발견했다.

우선, '색깔'의 차이다. 수도자들은 각자 저마다의 색을 품고 있어 컬러풀했고, 도시의 카페에서 보는 사람들은 한 가지 색깔이었다. 겉으로는 수도자나 일반인이나 다 비슷해 보이지만 속만 보면 완전히 다르다. 수도자들은 다른 수도자를 흉내 내며 살지 않았다. 온전히 나답게 사는 것이 참된 수도자의 삶이라는 사실을 눈빛과 말과 행동에서 보여주었다. 각자의 개성은 날마다 예리하게 깎이는 연필처럼 또렷하게 빛났다. '나는 나이지, 네가 아니다'라는 분명한 색깔이 있어서인지 수도자와 이야기를 나누고 나면 마음 깊은 곳에서 충만감이 차올랐다. 그들이 아름답게 빛나 보였다.

반면 카페에서 만난 사람들은 겉모습이 저마다 다른데도 속은 거기서 거기인 듯 보였다. 돈을 어떻게 더 많이 벌지, 집은 언제 마련할지, 어떻게 출세할지, 나이 들면 무슨 재미로 살지……. 삼삼오오 나누는 대화 내용은 서울의 카페에 가도, 제주도의 카페에 가도 한 번쯤 들어본 바로 그 이야기들이었다. 세상이 요구하는 기준에 따라 돈, 성공, 재미에 자신을 끼워 맞추며 사는 모습처럼 보였다. 그들 안에는 남과 세상의 기준은 가득했지만 정작 있어야 할 '나'는 보이지 않았다.

경기도를 가든 강원도를 가든 성형한 사람들의 얼굴이 비슷해 보이듯, 마음도 세상의 요구에 맞춰 요리조리 성형하다 보니 어느새 '나'라는 존재가 희미해진 것 같았다. 카페에서 왁자지껄 웃고 떠들었지만, 돌아서고 나면 이상하게도 내 속에 공허함만 남아 있었다.

다른 하나는 '깊이'의 차이다. 수도자들은 '왜 사는가?'와 '어떻게 살아야 하는가?'를 끊임없이 스스로에게 물었다. 그렇다고 답을 경전 속에서만 찾지는 않았다. 경전을 참고하되, 자신의 마음과 삶을 들여다보며 자기만의 답을 찾아갔다. 그러기 위해 날마다 참선하고, 묵상하고, 기도했다. 수도자들에게는 깊이 생각하는 일, 즉 '사색'이 일상이었다. 그래서 깊은 우물에서 길어 올린 물처럼 그들의 말 한마디 한마디에는 사색의 깊이가 배어 있었다. 긴 침묵을 거쳐 나온 말들은 듣는 사람의 마음을 차분하게 해줄 뿐 아니라 집중하게 만들었다.

반면 카페에서 만난 사람들은 '어떻게 해야 남들이 부러워하는 삶을 살까?'와 '어떻게 해야 즐겁게 살 수 있을까?'를 끊임없이 물었다. 그리고 감각적인 즐거움과 남들의 실수, 실패, 출세 이야기를 나누며 안도하기도, 웃기도 했다. 끊임없이 남과 자신을 비교했다. 얕은 시냇물에서 흘러나오는 찰랑찰랑한 말들은 듣는 사람의 마음을 산만하게 만들었다.

내가 좋아하는 대화가 하나 있다. 자신에게 묻고 자신이 답하는 서암 스님의 대화다. 스님은 날마다 자신에게 이렇게 말을 건넸다.

"서암아."

"예."

"오늘도 잘 살아라."

"예."

네 문장으로 이루어진 이 짧은 대화는 나를 나만의 색깔과 깊이로 이끌어준다. 나 역시 내 이름을 부르며 "오늘도 잘 살아라"라고 말하곤 한다. 그러면 꼬리에 꼬리를 물고 의문이 생긴다. 어떻게 살아야 잘 사는 것일까. 지금 내가 사는 방식, 내가 믿고 있는 게 과연 맞는 걸까. 나는 진짜 내 모습으로 살고 있는 걸까. 이 질문들에 답을 해나가는 과정이 곧 내 속을 나로 채워 넣는 일이다. 그래서 나는 종종 생각한다. 꼭 머리를 깎고 수도원에 있어야만 수도자일까. 몸은 카페에 있어도 남처럼 살려는 마음을 내려놓고 나로 살겠다는 태도로 '어떻게 사는 것이 제대로 사는 것인지'를 스스로에게 묻는다면, 그곳이 바로 절이고 수도원이지 않을까.

내 색깔로, 내 깊이로 사는 삶. 그것이 나로 사는 충만한 삶이다. 내 속에는 반드시 내가 있어야 한다.

차는 뜨거울 때 마셔야 한다

한낮에 다 마시지 못한 차는 이내 차갑게 식어버린다. 차는 뜨거울 때 마셔야 제맛이다. 식은 차는 맛이 없다. 우리의 삶도 이와 다르지 않다. 모든 일에는, 그리고 사람과의 인연에는 뜨거울 때가 있다. 물론 그 뜨거움이 언제까지나 유지되지는 않는다. 그래서 제때에 일해야 하고, 좋은 사람을 만났을 때 사랑해야 한다.

내가 출연하고 있는 고민 해결 대담 유튜브 프로그램 〈두루치기〉에 '남편 등산 좀 말려주세요'라는 사연이 올라온 적이 있다. 사연은 이러했다.

남편이 10년 전부터 사춘기 딸과의 갈등을 피하기 위해 등산을 시작했는데, 지금은 매주 금요일 밤 등산을 갑니다. 도봉산 등반 중 바위에서 추락해 헬기로 응급실까지 간 적이 있었는데도 등산에 더 깊이 빠져들고 있어요. 백두대간, 정맥 등반 완료 후 지금은 지맥 산행 중인데, 내년에 지맥이 끝나면 4천 산 등반을 같이 하자고 합니다. 대동여지도를 그리는 것도 아니고 그 에너지로 공사장에서 돈 버는 게 낫지 않나요. 저는 같이 카페도 가고, 100대 명산 정도만 등반하면 좋겠어요. 우리 남편 등산 좀 말려주세요.

백두대간이란 말은 익히 들어봤지만 우리 몸의 정맥 같은 산줄기를 따라 이어지는 코스를 '정맥 등반'이라 부른다는 사실은 처음 알았다. 정맥에서 다시 갈라진 잔가지 맥을 뜻하는 '지맥 등반'이란 말도 새로웠다. 게다가 우리나라에 있는 4천 개의 산을 모두 오르는 일을 '4천 산 등반'이라 부른다는 이야기는 무척 생소했다.

나는 이 사연을 듣고 잠시 깊은 생각에 잠겼다. 결국

사연자 남편의 말은 모든 산을 모조리 오르겠다는 뜻이었다. 그렇다면 정말 아내의 말대로 남편이 등산을 그만두게 된다면 어떤 일이 벌어질까? 남편이 아내와 함께 카페에 가고 100대 명산을 오르는 것만으로 행복해할 수 있을까? 아무래도 그렇지 않을 것 같았다. 이제 남편은 산사람이나 다름없었다. 그의 삶은 온통 산에 초점이 맞춰져 있다. 아내가 원하는 카페의 잘 로스팅된 커피가 산을 대신할 수 없고, 100대 명산이 4천 개의 산을 대신할 수도 없다. 그래서 나는 조심스럽지만 이렇게 말할 수밖에 없었다.

"남편의 관절이 나갈 때까지 기다리는 게 가장 빠를 것 같습니다."

딸과의 갈등이 계기가 되었을 뿐이지, 남편은 어떤 다른 계기가 있었더라도 결국 등산을 시작하고 그 세계에 빠졌을 사람이다.

사람은 누구나 자기만의 흥이 있고, 자기만의 속도가 있다. 흥이 깨지고, 속도가 무너지면 살맛도 함께 사라진다. 내 멋에 살고 내 속도로 살아야 비로소 진짜 사는 맛이 난다.

예전에 나는 '책을 쓰는 사람'이란 매일 아침 꼬박꼬박 일어나 성실하게 글을 쓰는 사람이라고 생각했다. 그런데 열 권 이상 책을 써보니 그 태도는 연구보고서를 쓰는 사람에게 더 어울린다는 걸 알게 됐다. 글은 흥이 날 때 후드득 소나기 쏟아지듯 써야 진짜 살아 움직인다. 그걸 깨닫고 나니 책 한 권을 쓰는 속도가 매번 달라졌다. 어떤 책은 13일 만에 완성되기도 했고, 어떤 책은 2년 이상 걸리기도 했다.

무언가를 할 때 흥이 난다는 것은 시공간의 감각이 사라지는 일이다. 그 일에 빠져들면 지금이 몇 시인지, 여기가 어딘지도 모르게 된다. 얼마 전 기린을 평생 그려온 화가와 대화를 한 적이 있다. 매일 열두 시간씩 20년간 그림을 그리고 있다고 했다. 먹고 자는 시간을 제외하면 온종일 개인 작업실에서 그림만 그리고 있는 셈이다. 가족들의 권유로 다른 화가들을 만나보기도 했지만 그 시간조차 아깝게 느껴져 그만두었다고 했다. 내가 그림을 그리는 순간에 어떤 마음이 드는지 물었더니, 그의 얼굴이 햇살처럼 환해졌다. 시간도 잊고, 공간도 잊고, 심지어 자기 자신조차도 잊는 그 느낌은 그림을 그려보지 않은 사람은 알 수 없을 거라고 했다. 그는 작품전을 염두에 두고 그림을 그린 적이 없단다. 그저 그림을 그리다 보면 작품이 쌓이고, 나누고 싶어질 때 전시를 하게 된다는 것이다. 그와 대화를 하며, 나는 이 화가야말로 자기 삶을 온전히 살아내는, 진짜 살아 있는 사람이라는 생각이 들었다.

살다 보면 이 화가처럼 자신의 흥에 흠뻑 빠져 시간을 잊고, 공간을 잊고, 자신마저 잊어버린 채 자기만의 속도로 살아가는 사람을 만날 때가 있다. 내 경험에 의하면, 그런 사람들은 대부분 그 분야의 달인들이었다. 리얼 예능 〈정글의 법칙〉에서 김병만 님을 보고 있으면, 그는 낯선 정글 한가운데서 시간도, 공간도, 심지어 자신마저 잊은 채 정글 족장으로 살아간다. 그의 눈빛에서 묻어나는 만족과 행복을 발견할 때면 시청자인 나까지 덩달아 행복해진다.

'행복한 삶'이란 남들이 부러워하는 부富와 힘을 갖춘 삶이 아니다. 남과의 비교를 내려놓고 자기만의 흥과 속도로 살아가는 삶이다. 그것이 등산이든, 그림이든, 탐험이든 상관없다. 그 일은 남이 정해줄 수 없는, 오직 나만의 고유한 영역이자 나의 결이기 때문이다.

내가 흥이 나는 일을 발견하고, 거기에 한번 미쳐보고, 계속 이어가는 것. 그것이면 이번 생은 충분히 살맛나게 살 수 있다. 아무도 말리지 않는다. 다만, 우리가 스스로를 제한하고 세상의 눈치를 보며 주저할 뿐이다.

나에게 건네야 할 한마디는 단순하고 강력하다.

"너 신나는 거 하면서 살아."

그거면 충분하다.

내가 진짜 원하는 꿈을 꾸기

"꿈이란 게 말이야, 초등학교 때는 안개꽃 한 다발처럼 많아. 그러다 고등학생이 되면 장미 한 다발로 줄어들지. 대학생이 되면 몇 송이로 다시 줄어들고, 취직을 하게 되면 한 송이로 줄어들어. 그러다 결혼을 하고 애를 낳고 살잖아. 그럼 어떻게 되는 줄 알아? '나한테 꿈이 있긴 했나?' 이렇게 되는 거야. 이게 인생이야. 그러니 얘들아, 지금이야말로 제대로 된 꿈을 꾸기에 제일 좋을 때야. 이제는 마음 가는 대로 실컷 꿈꾸고, 마음껏 살아봐. 다시는 이런 때가 오지 않아."

입학 후 전공 교수님이 들려준 이 이야기는 오래도록

내 귓가를 맴돌았다. 살아보니 그 말은 조금도 틀리지 않았다. 해가 갈수록 안개꽃 다발처럼 많던 꿈들은 손가락 사이로 빠져나가는 모래알처럼 스르르 사라졌고, 이것이 정말 꿈이 맞나 싶은 한두 개만이 간당간당 남아 있었다.

그러다 마흔이 된 어느 날, 고등학교 2학년 때 담임이었던 국어 선생님의 책을 우연히 손에 넣게 되었다. '와, 선생님이 책을 쓰셨네' 하는 반가운 마음에 단숨에 책을 읽어 내려갔다. 그런데 책 속의 한 문장이 땅, 하고 머리를 쳤다.

'가짜 꿈은 꿀 수 없다. 시시하기 때문이다.'

마치 총 맞은 것처럼 머릿속에서 종소리가 울렸다. 그때까지 내 꿈은 박사가 되는 것이었다. 박사가 되기만 하면 모든 게 잘 풀릴 거라고 굳게 믿었다. 하지만 막상 박사가 되고 보니 생각처럼 되지 않았다. 일상은 여전히 이전과 다를 바 없었다. '이게 뭐지? 왜 아무 일도 안 일어나는 거지?'라는 의구심이 들었다.

다음 꿈은 교수가 되는 것이었다. 교수가 되면 모든 게 좋아질 거라고 믿었다. 그러나 현실의 교수직은 골치 아픈 학생들 문제와 온갖 행정 업무, 끊임없는 강의 준비로 늘 스트레스를 받아야 했다. '이건 아닌데. 이러려고 교수가 된 게 아닌데' 하는 생각과 함께 속에서 불만이 조금씩 쌓여갔다.

그러던 어느 날, 강의 준비를 하다가 우연히 본 책에서 사무엘 울만Samuel Ullman의 시를 마주하게 되었다. 그 시를 요약하면 이렇다.

"청춘은 인생의 어느 기간을 말하는 것이 아니다. 가슴이 뛰면 80도 청춘이지만, 가슴이 뛰지 않으면 20도 늙은이다."

그 순간 고등학교 담임선생님의 말과 오버랩되며 하나의 문장으로 완성되는 것을 느꼈다.

"가짜 꿈은 꿀 수 없다. 가슴이 뛰지 않기 때문이다."

그때부터 나는 나 자신에게 질문을 던지기 시작했다. 내가 진짜 원하는 꿈은 무엇인가. 교수는 아니라는 답이 내 안에서 또렷이 들려왔다. 보기 좋은 떡이 먹기에도 좋은 떡은 아니었다. 남들 눈에 좋아 보이는 교수라는 직업은, 적어도 내 가슴을 뛰게 하는 일이 아니었다. 그 사실을 더는 부정할 수 없었다.

교수라는 직업을 그만두려고 했을 때, 찬성한 사람은 단 한 명도 없었다. 다른 사람들은 못 돼서 난리인 교수를 왜 그만두려 하느냐고, 고생을 안 해봐서 배부른 소리를 한다는 말을 수없이 들었다.

그러나 나는 교수로서의 삶을 계속 살아갈 수 없었다. 가슴이 뛰지 않았기 때문이다. 이건 내가 정말 살고 싶어 하는 삶이 아니라는 확신이 든 날부터 가슴속 깊이 사직서를 품고 살았다. 곧바로 사직서를 내지 못했던 이유는 아직 진짜 꿈을 찾지 못했기 때문이었다.

문제는 나를 가슴 뛰게 하는 일이 쉽게 모습을 드러내지 않았다는 점이다. 내가 "그게 뭐야?"라고 물으면 자동판매기처럼 "이거야!" 하고 튀어나오지 않았다. 가슴 뛰는 일은 지뢰밭 게임에 가까웠다. 이쯤일 것 같아 발을 내딛다 보면 예상치 못한 순간에 우연히 터지는 지뢰

같았다. 나는 강의도 하고, 개인상담과 집단상담도 하면서 나를 가슴 뛰게 하는 일이 무엇인지 관찰했다. 그러다 마음이 아픈 사람들에게 즉시 답을 건네는, 이른바 '즉문즉답' 상담이 가장 내 가슴을 뛰게 한다는 사실을 알게 되었다.

교수직을 그만두기 1년 전부터 나는 내 가슴을 뛰게 하는 일을 하나 만들어보기로 했다. 그것이 '사람의 마음속 상처를 치료자의 마음속 붕대로 감싸준다'는 콘셉트로 시작한 '붕대클럽'이었다.

첫 모임에 학생들과 지인 등 100여 명이 모였다. 시작도 하기 전에 가슴이 마구 설레었다. 그때 바로 이것이라는 확신이 들었다. 붕대클럽은 그날을 시작으로 14년째 이어지고 있다. 그렇게 나는 교수직을 내려놓은 뒤로 붕대클럽장으로서 가슴 뛰는 삶을 살아가고 있다.

붕대클럽을 10년 넘게 이어오다 보니 삶의 여러 영역에서 달인의 경지에 이른 사람들에게 인생을 배우는 모임을 만들고 싶어졌다. 그저 상상만 했을 뿐인데 또 가슴이 뛰었다.

"당신의 삶에서 우리가 배워야 할 지혜는 무엇입니까?"

이 질문을 던지고 함께 답을 찾아가는 전문가 포럼 '인생포럼'을 만들었고, 이로써 나는 대표가 되었다.

붕대클럽장과 인생포럼장으로 3년을 보내다 보니, 이번에는 나이 든 사람들 가운데서도 진정으로 인생을 깊이 배우고 싶어 하는 이들을 위한 모임을 만들고 싶어졌다. 놀랍게도 이런 일을 함께하고 싶다는 전문가들이 하나둘 모여들었다. 그렇게 우리는 어느새 대학교 하나를 뚝딱 만들어냈다. 내 가슴은 더욱 빠르게 뛰기 시작했다. 대학교를 만들게 된 이야기는 뒤에 다시 소개하겠다.

내가 진짜 원하는 꿈이 무엇인지는 분명했다. 붕대클럽에서 인생포럼으로, 다시 대학교로 이어질수록 마음의 설렘은 점점 더 커졌다. 진짜 꿈은 버릴 수 없다. 가슴이 계속 뛰기 때문이다.

진짜 꿈을 찾기 위해 멀리 갈 필요가 없다. 내 가슴에 손을 얹어보면 된다. 가슴이 뛰는가? 그렇다면 그게 진짜다.

나는 왜
감정에 휘둘릴까?

"화가 나면 무슨 소리를 못 해요."

"화가 날수록 말을 가려 해야죠."

우리는 이 두 문장 사이를 평생 오락가락하다 세상을 떠난다. 그렇다면 우리는 왜 이렇게 감정에 쉽게 휘둘릴까? 인간은 감정의 동물이기 때문이다. 그렇다면 우리는 어떻게 감정에 휘둘리지 않을 수 있을까? 감정을 다독일 줄 아는 사람이 되면 된다. 감정에 휘둘리는 것도, 감정을 다독이는 것도 결국 사람의 일이기 때문이다.

감정에 휘둘리고 싶은 사람은 거의 없다. 그런데도 많

은 이들이 감정을 다독이며 살지 못하는 이유는 무엇일까? 그것은 감정이 어디서 오는지 모르기 때문이다. 감정은 욕구에서 비롯된다. 무엇인가를 바라기 때문에 감정이 생긴다. 바라는 것이 이루어지면 좋은 감정이 생기고, 이루어지지 않으면 나쁜 감정이 생긴다. 결국 감정의 뿌리는 '욕구', 다시 말해 '바람'이다. 그러니 아무것도 바라지 않는다면 감정도 쉽게 요동하지 않는다.

대학에 가든 말든 상관이 없다면 대학에 합격해도 기쁘지 않고, 떨어져도 슬프지 않다. 대학에 가고 싶어 하는 마음이 있기 때문에 합격하면 기쁘고, 떨어지면 슬픈 것이다. 만약 대학에 가고 싶어 하는 마음이 강하게 있다면 감정의 농도도 더 짙어진다. 합격하면 말로 다 할 수 없는 기쁨을 느끼고, 떨어지면 그만큼 상심에 빠진다.

감정이 견딜 만한 수준이라면 바라는 마음이 그리 크지 않다는 뜻이다. 좋기는 하지만 아주 좋지 않고, 슬프긴 하지만 깊이 가라앉을 만큼 슬프지는 않다. 반대로 감정에 휘둘린다는 것은 바람이 아주 간절했다는 의미다. 좋은 감정에는 한없이 끌려가고, 싫은 감정에는 속수무책으로 휘둘린다.

누군가에게 강렬한 사랑을 느낄 때, 사람은 사랑이라는 감정에 사정없이 휘둘린다. 오죽하면 사랑을 두고 이성에 눈이 멀었다고 했을까. 반대로 누군가를 증오할 때는 미움이라는 감정에 휘둘린다. 그렇게 되면 일상의 다른 감정들은 사라지고 오직 미움만이 마음을 휘감아 돈다.

영화 〈티벳에서의 7년〉에는 티벳의 달라이 라마와 전쟁을 피해 티벳으로 들어온 세계적인 산악인이 대화하는 장면이 나온다. 먼저 달라이 라마가 산악인에게 묻는다.

"서양 사람들은 왜 그렇게 산을 오르려고 합니까?"

"거기에 산이 있으니까요."

"아, 그래요? 그런데 우리 동양 사람들은 다릅니다."

"어떻게요?"

"우리는 산에 오르려는 마음을 내립니다."

이 대화를 보면서 깨달았다. 서양의 역사는 욕구 추구의 역사라는 것을. 동시에 동양의 역사는 욕구 내림의 역사라는 것을. 산에 오르고 싶은 마음이 강하면 강할수록 사람은 감정에 휩쓸리기 쉽다. 산을 정복하면 말로 다 할 수 없는 기쁨에 빠지고, 산을 정복하지 못하면 헤아릴 수 없는 실망에 잠긴다. 반대로 산에 오르려는 마음을 내려놓으면, 바람조차 가지지 않기에 산에 오르든 오르지 않든 희비가 크게 갈리지 않는다. 그저 산에 오르는 과정을 담담하게 받아들이며 잔잔한 감정을 유지할 수 있다.

사람들은 타고난 성향이 격정적인 사람만 감정에 휩쓸리고 차분한 사람은 그렇지 않을 거라고 생각한다. 하지만 꼭 그렇지는 않다. '얌전한 고양이 부뚜막에 먼저 올라간다'는 말도 있듯, 아무리 차분한 성향의 사람이라 해도 무엇인가를 강렬히 바라면 감정에 휩쓸리게 된다. 결국 사람이라면 누구나, 바람이 클수록 감정에 휘둘릴 수밖에 없다. 이것은 지극히 정상적이고 자연스러운 일이다.

문제는 감정에 휘둘리는 것 자체가 아니다. '왜' 휘둘리는지를 보지 못하는 것이 진짜 문제다. 내가 무엇을 그토록 바라기에 이런 감정이 올라오는지를 들여다보는 일은, 휘둘리는 감정을 차분하게 만드는 특효약이다. '아, 내가 지금 이걸 원하기 때문에 이런 감정이 드는구나' 하고 깨닫는 순간, 나를 휘감던 감정은 한결 누그러진다. 감정은 신기하게도 자신의 정체를 주인에게 들키는 순간 힘을 잃고 순한 양이 된다.

내 동생은 오래전에 나에게서 감정을 다스리는 비결을 배운 뒤, 그것을 일상에서 요긴하게 써먹고 있다. 어떤 감정이 올라오면 스스로에게 이렇게 말한다.

"어, 요 녀석 봐라. 뾰족뾰족 올라오네."

그러고는 빙그레 웃으며 그 감정이 어디서 왔는지를 찬찬히 살핀다.

'아하! 그걸 원해서 이 감정이 온 거구나. 나만 잘나고 싶어서 열등감이 올라왔구나. 안전하고 싶어서 불안이 생겼구나. 마음대로 하고 싶어서 짜증이 난 거구나.'

그렇게 자신의 바람과 감정을 하나씩 일대일로 매칭

시키다 보면, 한껏 극성을 부리려던 감정이 다소곳해진다. 동생은 종종 말한다. 살면서 형에게 제일 고마운 순간은 자신이 감정에 휘둘리지 않을 때라고.

자신이 무엇을 바라고 있는지 가만히 들여다보라. 그러면 감정은 말 잘 듣는 나의 좋은 종이 된다.

내 감정의 주인 되기

나는 아침에 일어나서 한 번, 잠들기 전 저녁에 한 번 감정 일기를 쓴다. 아침에 올라오는 감정에 이름을 붙이고, 그 감정이 왜 생겼는지, 그 감정으로부터 무엇을 배웠는지를 적는다. 오늘 아침에도 어김없이 감정 일기를 썼다.

2026년 1월 2일. 금요일 아침.

안정감

오늘 아침의 감정은 '안정감'이다. 안정감은 앞일을 어느 정도 예측할 수 있고, 무슨 일이 생겨도 처리할 수 있을 것 같다고 느낄 때 생긴다. 규칙적인 일상생활은 앞일을 예측하게 해주어 안정감을 주고, 날마다 일어나는 크고 작은 경험은 지혜로 쌓여 어떤 일이 닥쳐도 당황하지 않고 대응할 수 있게 해준다.

어제 아침과 마찬가지로, 오늘도 눈을 뜨자마자 서재로 건너와 노트북을 열었다. 침대 속에서 머릿속으로 구상한 글감을 떠올리며 자판을 토닥토닥 두드려 글 한 꼭지를 완성하고 나니 안정감이 든다. 글 속에서, 갈등하는 친정어머니와 딸의 사이를 중재하는 원리를 지혜롭게 풀어내고 나니 안정감이 든다.

규칙은 예측력을 높여 안정감을 주고, 지혜는 해결력을 높여 다시 안정감을 준다. 따라서 규칙적으로 지혜를 쌓아가는 일상이야말로 마음 편하게 살 수 있는 비결이다.

매일 아침과 저녁, 하루에 두 번씩 감정 일기를 쓰기 시작하면서 나는 내 마음이 고요한 강물처럼 잔잔해지고 편안해지는 것을 느낀다. 우리의 마음을 불편하게 만드는 것은 감정 그 자체가 아니라, 감정이 내 허락도 없이 마음을 제멋대로 휘젓고 다니기 때문이다.

우리 마음속에 사는 감정은 천방지축 날뛰는 아이와 같아서 하루에도 수십 번씩 자기 마음대로 이리 뛰고, 저리 뛰며 나를 힘들게 한다. 너무 좋아서 흥분한 나머지 나를 지치게 하기도 하고, 너무 화가 난 나머지 열을 내서 나를 괴롭히기도 한다. 감정이 이렇게 우리를 끌고 다닐 수 있는 이유는, 우리가 그 정체를 모르기 때문이다. 지금 내 안에 올라오는 감정이 무엇인지 알아차리는 순간, 우리는 더 이상 감정의 종이 아니라 감정의 주인으로 살 수 있다.

감정의 정체를 아는 가장 좋은 방법은 그 감정에 이름을 붙이는 것이다. 감정은 이름을 불러줄 때 혼란 속에서 날뛰기를 멈추고 한결 고분고분해진다.

나는 종종 현철의 노래 〈사랑의 이름표〉를 떠올리며 가사를 바꾸어 흥얼거리곤 한다. '가슴'을 '감정'으로, '사랑의'를 '머리에'로 바꾸는 것이다.

"이름표를 붙여 내 감정에 확실한 머리에 도장을 찍어."

감정에 이름을 붙이면, 이성을 담당하는 머리가 빠르게 움직이기 시작한다. 머리는 그 감정에 대한 분석과 해석을 내놓고 감정과 대화를 나눈다. 그러면 감정은 어느새 차분해지고, 지금 내 욕구가 무엇인지, 그 욕구가 어떻게 처리돼서 이런 감정으로 드러났는지 알려준다. 이렇게 마음과 몸의 상태, 그리고 나에게 벌어진 일을 입체적으로 이해하게 되면, 그다음에 선택하는 행동은 실수가 적다. 우리는 이것을 '신중함'이라고 부른다.

우리가 무언가를 통제하려고 할 때 가장 자주 사용하는 방법도 바로 이름을 부르는 일이다. 반려견과 산책을 나갔을 때, 흥분한 반려견이 엉뚱한 행동을 하려고 하면 주인은 가장 먼저 이름부터 부른다.

"토리, 그만! 토리! 토리!!"

흥분하던 토리는 자기를 부르는 소리에 순간 멈칫한다. 우리의 감정도 이와 다르지 않다. 감정에 대한 통제권을 가진 주인이 되고자 한다면, 감정의 이름을 부르는 일부터 시작해야 한다. 긍정적인 감정이든 부정적인 감정이든, 그 이름을 불러주지 않으면 감정은 자기가 주인인 줄 알고 나를 자꾸 통제하려 든다.

올해 들어 두세 사람이 나를 따라 감정 일기를 쓰기 시작했다. 좋은 걸 발견했을 때 '나도 해봐야지' 하는 태도는 참 아름답다. 이제 나는 감정 일기 원조가 되었다. 그리고 몇몇 사람과 감정 일기에 관한 소감을 나누기도 한다. 어떤 좋은 일이 우리 삶에 일어날지 상상하는 것만으로도 오늘 아침에는 '설렘'이란 감정이 올라왔다. 감정에 이름을 붙이고 그 감정을 해설해보는 것. 감정 일기는 내 감정의 주인이 되는 가장 확실한 특효약이다.

불나면 자연재해,
불내면 인생 재해

어쩌다 강원도에 산불이 나면 그 원인을 두고 이런저런 말이 많다. 등산객의 담배꽁초에서 인화된 불이 언덕으로 옮겨붙었다는 둥 조금만 조심했으면 나지 않았을 불이 한 사람의 부주의로 여의도공원 몇 배에 달하는 산을 모조리 태웠다는 둥 기사가 숨 가쁘게 이어진다.

산에 불이 나면 '자연재해'라 부르지만, 사람의 부주의로 불이 나면 말이 달라진다. 그 불을 낸 사람이 엄하게 처벌받고 오랜 세월 감옥에서 방화범으로 살아야 하니 '인생재해'가 된다.

우리가 느끼는 '화'라는 감정도 산불과 닮았다. 화가

나는 것 자체는 어쩔 수 없는 일이다. 하지만 화를 잘못 내면 그 뒤에는 크고 작은 문제가 뒤따른다.

자기 철학이 있는 사람은 감정, 그중에서도 '화'에 대해 분명한 기준을 가지고 있다. 간단히 말하면 '화를 낼까, 말까'다. 나 역시 지난 20년 동안 아들에게 수없이 화가 났지만, 이 기준 덕분에 단 한 번도 화를 내지 않고 좋은 관계를 유지해올 수 있었다.

'화'는 내 뜻대로 일이 되지 않을 때 자동으로 생긴다. 아들이 내 마음에 들지 않는 말이나 행동을 하면 화가 난다. 밥을 먹으라고 했는데 아들이 고집을 부리며 밥을 먹지 않으면 화가 난다. 숙제부터 하라고 했는데 게임만 하고 있으면 화가 난다.

그러나 화가 난다고 해서 모든 부모가 화를 내는 건 아니다. 아이가 밥을 먹지 않아도, 게임만 하는데도 화를 내지 않는 부모가 있다. 그 차이를 통해 우리는 한 가지 사실을 알 수 있다. 화가 나는 건 자동이지만, 화를 내는 건 선택이라는 점이다. 화가 났을 때 화를 낼지 말지를 결정하는 기준은, 화를 유발한 사람의 의도성이나 고의성 여부다. 일부러 나를 해치거나 화나게 하려는 의도가 분명하다면 당연히 화를 내야 한다. 하지만 그런 의도가 없다면 화를 내지 않을 수 있고, 오히려 화내지 않는 것이 옳은 선택일 수 있다.

아들이 네 살 때 유아원에 다니던 시절의 일이다. 토요일 오후, 나는 거실 바닥에 길게 대자로 누워 느긋한 시간을 보내고 있었다. 아들은 소파 위를 이리저리 뛰어다니며 당시 유행하던 〈번개맨〉을 보고 있었다. 설마 아들이 소파 아래 평화롭게 누워 막 잠이 들려던 내 배 위로 뛰어내릴 거라고는 상상도 하지 못했다. 그런데 한순간 아들이 내 배 위로 뛰어내리며 퍼벅 하는 소리가 났다. 배가 찢어지는 듯한 통증이 밀려왔다. 너무 아파서 비명조차 나오지 않았는데, 그때 울렁울렁대는 내 배 위에서 균형을 잡고 서 있는 아들의 모습이 시야에 들어왔다.

본능적으로 텔레비전을 보니, 마침 번개맨이 악당들과 전투를 벌이다가 바다로 뛰어드는 장면이 나오고 있었다. 번개맨에 완전히 빙의된 아들은 그 장면을 보고 흥분한 나머지 내 배 위로 뛰어내린 것이다. 아들은 바닷속으로 뛰어든 번개맨과 똑같은 자세를 취하기 위해 내 배 위에서 균형을 잡으려 애쓰고 있었다. 순간 머리끝까지 화가 치밀어오른 나는 아들에게 소리를 빽, 지를 뻔했다. 그러나 눈앞의 상황을 번개처럼 스캔해보니 화를 내면 안 된다는 걸 깨달았다. 아들에게 의도나 고의가 전혀 없다는 사실이 텔레비전을 통해 생중계되고 있었기 때문이다. 나는 불같이 화를 내는 대신 신음을 내뱉었다.

"아아아아, 준아!"

그제야 상황을 알아차린 아이가 내 배에서 내려오더니 놀란 얼굴로 물었다.

"아빠, 아파?"

"그럼, 아프지. 뛰어내릴 땐 얘기를 해야지."

"미안, 아빠. 미안."

지금 생각해보면 그때가 아들에게 화를 낼 수 있었던 가장 위험한 순간이었다. 어찌 보면 화를 낼 수 있는 절

호의 기회이기도 했다. 그러나 아픈 배를 부여잡고 솟구치는 화를 잘 참은 덕분에, 그날 이후에 있었던 일들은 모두 사소한 기억으로 남았다. 나는 그 일을 두고두고 기억했다. 아무리 화가 나도, 화를 내지 않을 수 있다는 사실을 처음 알게 된 순간이기 때문이다. 지금도 내가 아들에게 가장 잘한 일을 하나 꼽으라면 바로 그때 화를 내지 않았던 일이다.

아들은 지난 20년 동안 자기가 원하는 것을 얻기 위해 밉게 말하거나 엉뚱한 행동을 한 적은 있었지만, 단 한 번도 아빠인 나에게 일부러 상처를 주려고 한 적은 없었다. 그 사실을 알기에 나는 수없이 화가 나는 순간에도 화를 내지 않을 수 있었다.

이런 아들과의 경험 덕분에 나는 한국분노관리연구소를 만들게 되었고, '화, 낼까 말까'라는 다섯 글자로 된 유일무이한 '분노 관리 카드'도 제작하게 되었다. 붉은 사과에는 '화'를, 오른쪽 위의 검은 사과에는 '낼까'를, 왼쪽 아래의 하얀 사과에는 '말까'라는 글자를 넣었다.

명함 크기의 이 카드는 3만 장 이상 인쇄되어 유치원과 어린이집, 초등학교 저학년 학부모를 대상으로 한 '아이에게 슬기롭게 화내는 법' 강의를 할 때 무료로 배부했다. 그러자 많은 엄마가 아이뿐 아니라 남편이나 다른 사람에게도 잘 적용된다며 고마워했다.

자기 철학이란 거창한 인생 이론이 아니다. 인생을 조금 더 평화롭게 살기 위한 작고 소소한 삶의 원칙이다. 화가 나는 건 자동이지만, 화를 내는 건 언제나 선택이다.

좋아하는 것에 솔직해지기

"당신, 왜 내가 좋아요?"

"그냥이요."

"그냥이요?"

"예. 그냥 생각만 해도 좋아요."

좋아하는 데 무슨 이유가 필요하고, 무슨 목적이 필요할까. 그냥 좋다는 말, 생각만 해도 좋다는 그 말이야말로 가장 충분한 이유이자 목적이다. 그거면 충분하다.

"당신, 왜 내가 좋아요?"

"돈이 많아서요."

"돈이 많으면 뭐가 좋아요?"

"내 마음대로 하고 싶은 거 하면서 살 수 있잖아요."

좋아하는 이유가 돈이 많기 때문이고, 돈을 얻기 위한 목적으로 누군가를 좋아한다면, 그 감정은 수단에 불과하다. 좋아하는 대상이 사람이 아니라 돈이 되면, 돈이 사라질 경우에 그 마음도 함께 사라질 가능성이 크다. 그렇게 되면 상대는 자연스레 돈 뒤로 밀려난다.

삶에는 행동 자체가 목적인 경우와 행동이 수단인 경우가 있다. 행동 자체가 목적인 경우, 그것은 무엇을 얻기 위해서가 아니기 때문에 '그냥 행동'이라 부를 수 있다. 반대로 행동이 수단인 경우, 어떤 목적을 이루기 위해서 선택적으로 한 행동이기 때문에 '위한 행동'이라 부를 수 있다.

우리의 삶을 가만히 들여다보면 '그냥 행동'은 적고 대부분은 '위한 행동'으로 채워져 있다. 좋은 대학에 가기 위한 공부를 하고, 출세를 위한 일을 하며, 승진을 위한 프로젝트를 수행한다. 인맥을 쌓기 위한 모임에 참가하고, 건강을 위한 운동을 하며, 성공을 위한 결혼을 한다.

이처럼 '위한 행동'을 하면 목적을 이루기 전까지 괴롭다. 좋은 대학에 가기 위한 공부는 좋은 대학에 가기 전까지는 괴로울 수밖에 없다. 공부 그 자체에 의미가 없기 때문이다. 좋은 대학을 유일한 목표로 삼은 공부는 전쟁터에서 고지를 점령하는 일이나 다름없다. 고지를 향해 목숨을 걸고 나아가는 병사에게 계곡의 물소리가 들릴 리 없고, 하늘에 둥실 떠 있는 구름이 눈에 들어올 리 없다. 그의 시야에는 오직 하나, 고지를 차지하는 일만 보일 뿐이다.

가끔 고지가 너무 아득해서 잠시 멈춰 계곡 물이라도 천천히 마시려 하면, 소대장인 엄마와 대대장인 선생님이 "지금이 어떤 때인데 한가하게 물이나 마시고 있냐!" 며 호통을 친다. 그렇게 간신히 좋은 대학에 가면 이번에는 취업을 위한 공부가 시작된다. 취업에 성공해 직장에 가도 자격증 취득을 위한 공부가 다시 이어진다. 종류만 바뀔 뿐 또 다른 공부가 끊임없이 기다리고 있다.

이처럼 공부는 평생 무언가를 이루기 위한 수단이라

는 성격에서 좀처럼 벗어나지 못한다. 그래서 사람들은 공부하다 우울증에 걸리고, 분노를 터트리고, 공허함에 눈물을 흘린다. 반드시 해야 하는 일로 여겨질수록 공부는 결국 가장 싫어하는 일이 되고 만다.

반대로 공부 그 자체가 좋아서 하는 공부는 다르다. 성적과는 상관없이 무엇인가를 알아가고 깨닫는 과정이 그저 신기하고 즐겁다. 사람과 세상을 더 깊이 알아가는 일이 공부라고 느껴지면, 무슨 과목을 공부해도 즐겁다. 다른 목적이 없으니 그저 좋아서 공부하게 되고, 공부를 하면 할수록 더 좋아하게 된다. 공부 자체가 목적이 되니 지겨워질 틈이 없다.

어떤 사람이 지금 얼마나 행복한지를 가늠하는 가장 간단한 방법은 '위한 행동'과 '그냥 행동'이 그의 삶에서 차지하는 비율을 살펴보는 것이다. '위한 행동'이 많을수록 그는 불행해지고, '그냥 행동'이 많을수록 그는 행복해진다.

나는 열 권이 넘는 책을 펴내면서 한 번도 '위한 책'을 쓰지 않았다. 그건 너무 고통스럽기 때문이다. 베스트셀러를 위해서가 아니라 그저 쓰는 게 좋아서 썼고, 그 글을 좋게 본 출판사가 책으로 내주었다.

글을 쓰고 있을 때면 시간 가는 줄도 몰랐다. 내가 지금 어디에 있는지도 잊곤 했다. 남에게 보여주기 위한 글이 아니었기에 솔직할 수 있었다. 나 자신만큼은 속일 수 없기 때문이다. 독자들이 내 책을 쉽고, 편하고, 솔직한 글이라고 말해주는 것도 그런 이유 때문이지 않을까.

그냥 좋아서 글을 쓰는 사람이 작가지, 많은 사람에게 읽히기 위해 글을 쓰는 사람이 작가라고 생각하지는 않는다. 읽히는 일은 어디까지나 부산물일 뿐이다. 마음이 통한다면 결국 누군가는 내 책을 사서 볼 것이다. 내가 좋아하는 것에 솔직해지는 것, 그것이 신나게 사는 가장 확실한 비결이다.

'위한 행동'의 기름기를 싹 빼고 '그냥 행동'의 살코기를 가득 다져서 만두피에 넣으면, 인생은 비로소 맛있는 만두가 된다.

자기 철학을 위한 세 번째 질문들

지금까지 다른 사람이나 세상이 정한 기준과 상관없이 나답게 살아본 적이 있는가. 다른 사람의 색이 아니라 나만의 색깔로 살았던 적이 있다면 언제였는지 떠올려보자. 그리고 '나답게 산다'는 것이 무엇인지 적어보자.

1. 내가 나답게 산 때는 언제인가?

2. 그때 내가 나답게 살 수 있었던 이유는 무엇인가?

3. 나만의 색깔이란 어떤 색깔인가?

4. 나는 지금 그렇게 살고 있는가?

4장

[정돈하기]

관계의 숲을 가꾸어가는 즐거움

경계가 없으면 호구가 된다

나는 3년째 라디오방송에서 '감정식당'이라는 코너를 진행하고 있다. 한번은 퇴사한 선배 때문에 고민이라는 사연이 들어온 적이 있었다.

> 퇴사한 선배에게서 계속 연락이 와서 고민입니다. 자꾸 연락해서 이런 거 저런 거 물어보시고 개인적인 일까지 부탁하시는데, 어떻게 얘기하는 게 좋을까요? 강하게 말하자니 저보다 나이가 많고, 그렇다고 아무 말도 하지 않자니 너무 답답합니다. 회피가 답일까요? 조언 부탁드립니다.

잠시 후, 또 다른 사연이 들어왔다.

7월에 아버지가 돌아가신 뒤 어머니가 치매 판정을 받았습니다. 요양 등급을 받았으면 하는데, 어머니는 모든 걸 저에게만 의지하려고 하세요. 어머니 댁까지 가려면 두 시간이 걸립니다. 하나뿐인 어머니를 잃을까 봐 이틀이 멀다 하고 찾아가고는 있는데, 점점 지쳐갑니다. 더욱이 아직 어린 두 자녀도 제대로 돌보지 못하고 있어 울고 싶은 심정이에요. 늦은 밤에 들어오는 남편은 말은 하지 않지만 이런 제 모습이 못마땅한 눈치입니다. 저는 어떻게 하면 좋을까요.

두 사연이 내용상으로는 전혀 달라 보이지만, 본질은 똑같다. 두 사람 모두 자기 경계선을 긋지 못해 고통을 겪고 있다.

'퇴사한 선배만 사람이 아니라 나도 사람이다.'

'치매에 걸린 엄마만 사람이 아니라 나도 사람이다.'

이렇게 상대와 나를 똑같은 사람이라고 인식하는 것.

그것이 건강한 자기 경계선을 긋는 출발점이다.

나는 이를 '욕구 등가의 법칙'이라고 이름 붙였다. 퇴사한 선배의 욕구와 나의 욕구가 50 대 50으로 똑같이 중요하다는 뜻이다. 치매에 걸린 어머니의 욕구와 나의 욕구 역시 동등하다. 그런데 지금 두 사람은 상대방의 욕구가 너무 큰 영역을 차지하고 있고, 정작 자신의 욕구는 지나치게 적다. 때문에 고통을 받고 있는 것이다.

퇴사한 선배의 심정을 헤아리며 '오죽하면 이럴까' 하는 마음으로 끝없이 연락을 받아주는 모습은 얼핏 착한 후배처럼 보인다. 하지만 자세히 들여다보면, 전화를 받고 싶지 않고, 받더라도 빨리 끊고 싶은 자신의 욕구를 계속해서 무시하는 행동일 뿐이다. 마찬가지로, 딸과 늘 함께 있고 싶어 하는 어머니를 위해 두 시간씩 운전해 찾아가는 모습은 착한 딸처럼 보인다. 그러나 그 이면을 들여다보면, 어린 자녀들을 돌보고, 자기 삶을 지키고 싶어 하는 자신의 욕구를 외면하는 행동일 뿐이다. 그 결과, 이들은 호구가 되고 있다. 만약 이런 상태에서 벗어나고 싶다면, 무엇보다 자신에게 먼저 이렇게 선언해야 한다.

"나도 살아야지."

그렇다. 내가 먼저 살아야 한다. 짧게 보면 내가 죽어야 그가 살 것 같지만, 오래 지나지 않아 결국 그도 죽는다. 내가 먼저 지치기 때문이다. 누군가에게 더 잘해주고 싶다면 내가 먼저 살아야 한다. 내가 오래 버텨야 그도 산다. 그래야만 미워하는 마음이 생기지 않는다.

착한 사람은 자신의 욕구를 무시하는 사람이 아니라, 자신의 욕구도 존중하고 상대의 욕구도 존중하는 사람이다. '긴 병에 효자 없다'는 속담이 괜히 생긴 말이 아니다. 자신의 욕구를 깡그리 무시한 채 돌봄만 제공하다 보면 아무리 효자라도 결국 지치고, 그러다 보면 자신을 이렇게까지 힘들게 만든 상대를 원망하게 된다. 이럴 때 자기 경계선을 세울 수 있다면, 긴 병에도 효자의 자리를 지킬 수 있다.

퇴사한 선배에게는 내가 어디까지 부탁을 들어줄 수

있는지, 회사 사정은 어느 선까지 전해줄 수 있는지를 분명히 정해서 알려주어야 한다. 만약 선배가 그 선을 받아들이지 않는다면, 나 역시 연락을 거절해야 한다. 굳이 내 일상과 경계를 아무렇지 않게 넘어오는 선배를 받아줄 필요는 없다.

치매에 걸린 어머니의 경우도 마찬가지다. 일주일 가운데 내가 갈 수 있는 날을 정하고, 그날에만 방문해야 한다. 나에게도 자녀들을 돌볼 시간과 내 삶을 살아갈 시간이 필요하기 때문이다. 남편과 상의해 요양 등급을 신청하고 정해진 시간 동안 어머니가 요양 서비스를 받도록 도와야 한다. 또한 형제들과도 상의하여 독박 돌봄이 아니라 각자 가능한 시간을 나누어 돌봄을 분담해야 한다. 무엇보다 지금처럼 계속 가다 보면 자신이 어머니를 미워하게 될지도 모르겠다는 두려움이 있다는 것, 그렇기에 어머니를 미워하지 않고 돌보고 싶다는 마음을 솔직하게 전하는 것이 중요하다. 돌보는 사람이 건강해야 돌봄을 받는 사람도 가장 좋은 보살핌을 받을 수 있다.

우리는 살면서 크고 작은 침해를 수없이 겪는다. 이를테면 자신의 요구를 당연하다는 듯 밀고 들어오는 무례한 사람을 만나는 경우가 그렇다. 그럴 때 필요한 것이 나의 경계선을 만드는 일이다. 나도 살아야 하기 때문이다. 나의 경계를 세우지 않는 것은, 상대의 호구가 되겠다고 선언하는 것과 다르지 않다. 나의 경계를 세울 때, 나도 살고 그도 산다. 그리고 그런 사람이야말로 진짜 착한 사람이다.

노력해도 힘들게 하는 관계가 있다

공자와 제자가 길을 가고 있었다. 그때 누군가 길가에서 대변을 보고 있었다. 공자가 그에게 다가가 꾸짖자, 그 사람은 바지춤을 추스르며 황급히 자리를 떠났다.

잠시 후, 이번에는 길 한가운데에서 누군가 대변을 보고 있었다. 제자는 속으로 생각했다.

'아까 길가에서 볼일 보던 사람도 혼이 났는데, 이제 너는 죽었다.'

그런데 이게 웬일인가. 공자가 못 본 척하며 그 사람을 지나쳐가는 게 아닌가. 제자는 혼란스러웠다. 어찌하여 작은 잘못을 한 사람은 꾸짖으면서 큰 잘못을 한 사람은 그냥 지나친단 말인가. 궁금증을 참지 못한 제자가 공자에게 물었다.

"아니, 스승님, 아까 길가에 똥을 싸던 사람에게는 야단을 치시면서 어찌하여 길 한가운데에 똥을 싸는 사람은 그냥 지나치신 것입니까?"

공자가 말했다.

"아, 그건 말이야. 아까 길가에 똥을 싼 사람은 부끄러움을 아는 사람이야. 그래서 말을 하면 알아들어. 그런데 길 한가운데에 똥을 싼 인간은 미친놈이야. 말해도 못 알아들으니 싸움만 나겠지. 그래서 지나간 거야."

이 이야기를 오늘 우리 사회에 적용해보면 이렇다. 길에 똥을 안 싸는 점잖은 사람인 '안싸'가 20퍼센트, 가끔 한 번씩 양심에 어긋나게 똥을 싸는 사람인 '가싸'가 30퍼센트, 부끄러운 줄 모르고 대놓고 길 중간에 똥을 싸는 사람인 '중싸'가 50퍼센트 정도 된다.

우리가 일상에서 제일 자주 마주치는 사람들은 대개 중싸들이다. 그들은 걸핏하면 "나도 자존심 있는 사람이야"라는 말을 입에 달고 살며, 조금만 불편한 소리를 들어도 불같이 화를 낸다. 자신이 조금이라도 손해를 본다고 느끼는 순간 경우와 맥락은 뒷전이 된다. 그래서 예부터 이런 사람을 대하는 법이 따로 전해져 왔다. 괜히 말을 섞지도 말고 상종하지도 말라는 것이다. 그런데 현실에서 정말 그렇게 하면 중싸들은 시비나 싸움을 걸어온다. "사람을 뭐로 보고 나를 이렇게 함부로 대하냐"는 말이다. 그러므로 중싸다 싶은 사람을 만날 때면 사람으로서 할 최소한의 도리만 지키면 된다.

사람과 사람 사이에 문제가 생겼을 때, 내가 노력하면 관계가 좋아질 거라고 믿는 건 다소 순진한 발상이다. 현실에서는 노력한 만큼 좋아지는 관계도 있지만, 아무 변화가 없는 관계도 있고, 오히려 더 나빠지는 관계도 있다. 그 차이는 전적으로 상대가 누구냐에 달려 있다.

상대가 길에 똥을 싸지 않는 안싸라면, 내가 노력할수록 관계가 좋아질 가능성이 크다. 그러나 적어도 상대가 한 번쯤은 길에 똥을 싸는 수준인 가싸라면, 결과를 쉽게 예측하기 어렵다. 가싸와 중싸에 해당하는 사람들은 대체로 타인보다 자신의 이득과 즐거움에 더 큰 가치를 두는 경향이 있다. 때문에 내가 노력한다고 해서 상대가 반드시 보답하거나 그에 상응하는 반응을 보일 것이라 기대해서는 안 된다. 때로는 역효과가 날 수도 있고, 오히려 노력한 내가 더 상처를 입을 수도 있다. 우리나라 속담에 '누울 자리 봐가며 발을 뻗어라'라는 말이 있다. 상대를 봐가며 그에 맞게 내 행동의 수위를 조절하라는 뜻이다.

그렇다면 사람을 만날 때, 이 사람이 안싸인지, 가싸인지 혹은 중싸인지를 어떻게 알아차릴 수 있을까. 사실 이를 처음부터 정확하게 판단하기는 쉽지 않다. 가장 좋은 방법은 오랜 시간 함께 지내보는 것이지만, 문제는 그 사람이 중싸일 경우 같이 시간을 보내는 동안 몸과 마음이 너무 많이 상한다는 데 있다.

내 상담 경험을 바탕으로 한 가지 판단 기준을 제시하자면, 그 사람의 반응계수를 보면 좋다. 어떤 일이 생겼을 때 그 일에 반응하는 정도를 나는 '반응계수'라 부른다. 수학에서 결과변수 y와 원인변수 x는 다음과 같은 공식이 성립한다. 'y=ax', 즉 1이라는 같은 원인이 생겨도 반응계수인 a의 크기에 따라 결과 y는 달라진다. 예를 들어, a가 100이라면 아주 작은 일에도 결과는 100배로 커지는 것이다. 실제로 고3 아들을 둔 엄마가 아이가 수학 문제 하나를 틀렸다는 이유로 허리띠로 100대를 때린 적이 있었다. 이것은 반응계수가 지나치게 큰 경우다. 건강한 부모라면 문제 하나를 틀렸다고 때리지는 않는다. 백번 양보해서 훈육을 한다 해도 한 대 정도일 것이다. 이는 반응계수가 1이라는 소리다. 반대로 반응계수가 100분의 1인 경우도 문제다. 큰일(x)이 벌어졌는데도 거의 반응(y)이 없다면, 곁에 있는 사람은 미칠 지경이 된다.

그러므로 반응계수가 1에 가까울수록 건강한 사람이라 할 수 있다. 일어난 일에 대해 상식적으로 보아도 적절하게 반응하는 사람이 안싸일 가능성이 크다는 말이다. 나는 사람을 만날 때마다 이 사람의 반응계수가 어느 정도인지 유심히 살펴본다. 반응계수가 1에 가까울수록 가까이 지낼 사람으로 여기고, 1에서 멀어질수록 거리를 두어야 할 사람으로 생각한다. 내가 노력해서 관계가 좋아질 수 있는 사람은 반응계수가 1에 가까운 사람들이다. 이런 사람들의 말과 행동은 비교적 예측 가능하다. 내가 잘해주면 그 사람도 그에 맞는 고마움을 표하고 작은 선물이라도 마음을 전한다. 내가 실수하면 그에 상응하는 만큼 섭섭함을 느끼고 다음에 만났을 때 그것을 분명하게 표현한다. 이런 식의 주고받음이 가능하면 특별한 걸림돌 없이 잘 지낼 수 있다. 모든 관계가 노력만으로 좋아지는 건 아니다. 그 사실을 아는 것이 자기 철학의 가장 기본적인 원칙이다.

관계에서 멈춤이 주는 힘

어느 날, 라디오방송에서 '감정식당' 코너를 진행하던 중에 80대 친정엄마와 10대 딸의 갈등을 어떻게 조정하면 좋을지 묻는 사연이 올라왔다.

고2 딸과 친정엄마 문제로 상담드립니다. 딸은 외할머니와 아주 깊은 유대가 있었던 건 아니지만, 그래도 외할머니를 좋아하는 편이었습니다. 그런데 아이 아빠에게 알코올 문제가 있어 따로 살고 있는 상황에서, 외할머니가 아빠를 험담하는 말을 딸이 듣게 된 것입니다. 그 얘기에 충격을 받았는지 아이가 외할머니에게

욕설을 했고, 끝내는 몸싸움으로 번졌습니다.

딸은 현재 정신과 치료를 받고 있고, 친정엄마 역시 이제는 손주를 보고 싶지 않다고 합니다. 여든이 넘으신 친정엄마를 생각해서 더 늦기 전에 화해의 자리를 만들어야 할지, 아니면 평생 서로 보지 않도록 거리를 두는 것이 맞을지 너무 고민됩니다.

사연을 듣자마자 나는 불쑥 진행자에게 물었다.

"우리 복디님은 라면을 끓여본 적 있으세요?"

"네, 있죠."

"차가운 물에 라면을 넣으시나요?"

"아뇨. 그럼 라면이 익지 않잖아요."

"맞아요. 라면은 물이 팔팔 끓을 때 넣어야 제대로 익지요. 세상 모든 일에는 적절한 온도가 있어요. 지금 사연 속에 여든이 넘은 할머니는 차가운 물에 라면을 넣은 것과 같아요. 먼저 손녀의 마음 온도를 살핀 뒤에 자신이 하고 싶은 말을 꺼냈어야 했는데 그러지 못하신 거죠. 이건 어른이 먼저 해야 할 기본적인 배려를 놓친 겁니다. 할머니가 먼저 손녀에게 이렇게 물어봤어야 해요. '넌 아빠를 생각하면 어떤 마음이 드니?' 그 질문에 대한 대답이 바로 손녀의 마음 온도예요. '지긋지긋하고 너무 싫어요'라고 할 수도 있고, '아빠가 불쌍해요'라고 할 수도 있겠죠. 사연을 보면 후자였을 가능성이 커 보여요. 아빠를 안됐다고 생각하고 있었는데 할머니의 험담을 듣고 화가 난 거예요. 그래서 막말이 나오고, 몸싸움까지 간 거죠. 할머니가 손녀의 마음을 먼저 헤아리기보다 자기 하고 싶은 말부터 꺼냈으니, 이건 물의 온도를 보지도 않고 라면을 넣은 것이나 다름없어요. 그래서 손녀에게 잊기 힘든 폭력까지 당하고 만 거죠. 이 경우에는 할머니가 어른답지 못한 처신을 했다고 봐야 해요."

그리고 이 말을 덧붙였다.

"부모 없는 자식은 없잖아요. 아빠와 엄마는 자식에게 두 개의 하늘이에요. 그중 하나의 하늘이 부정당하는 건 곧 자신이 부정당하는 것과 같아요. 그래서 내가 부모를 욕하는 건 괜찮아도 다른 사람이 우리 부모를 욕하면 기분이 나쁜 거예요. 아무리 할머니라 해도 아빠를 험담한 것은, 딸에게는 자신을 욕한 것처럼 느껴졌을 겁니다. 게다가 일이 이렇게까지 커진 데에는 머리의 유연성이 가장 떨어지는 80대 할머니와 10대 손녀가 정면으로 부딪쳤다는 점도 크게 작용했어요. 80대는 뇌가 굳어 가는 시기이고, 10대는 뇌가 자라고 있어서 자기 생각에 강하게 매달리는 시기잖아요. 그 두 시기가 맞부딪치니 일이 커진 거죠. 이럴 때는 중간에 있는 엄마 역할이 중요해요. 엄마는 아직 머리의 유연성이 있는 사람이잖아요. 두 사람 사이를 어정쩡하게 중재하면 오히려 서로 원수가 될 수 있어요. 지금은 할머니가 하지 못한 일을 엄마가 해야 합니다. 먼저 딸에게 이 일로 어떤 마음이 드는지, 마음의 온도부터 체크하세요. 그러고 나서 친정 엄마의 이야기를 아주 조심스레 살살 꺼내셔야 합니다."

라면을 끓일 때도, 말을 할 때도 온도 체크는 필수다. 물의 온도를 먼저 잰 후 라면을 넣어야 맛있게 먹을 수 있듯, 상대의 마음을 살핀 뒤 하고픈 말을 해야 관계가 불편해지지 않는다. 온도가 중요하다.

그렇다면 여든이 넘은 할머니는 왜 온도 체크를 하지 못했을까. 그것은 멈출 줄 몰랐기 때문이다. 할머니는 자기 생각을 손녀 앞에서 잠시 멈추지 못했다. 아메리칸 인디언들이 말을 타고 먼 길을 가다 중간중간 멈추는 것은 힘이 들어서가 아니라, 자신이 지나온 길을 돌아보고 자신의 영혼에게도 쉼을 주기 위해서라고 한다. 이처럼 우리는 하고 싶은 말이 있을 때, 인디언이 말을 멈추듯 내 생각이란 안장에서 잠시 내려올 필요가 있다. 그리고 '이 말을 했을 때 우리 손녀가 어떤 마음이 들까?' 하고 가만히 헤아려봐야 한다. '말은 침묵보다 나을 때 하라'는 말이 있다. 차라리 알코올중독 아빠에 대해 아무 말도 하지 않는 편이 나았을지도 모른다. 침묵보다 못한 말을 한 탓에 손녀도, 딸도 모두 괴로워지는 상황을 만들고 말았다.

나이가 들수록 '멈춤'이 지닌 진정한 힘에 대해 깊이 이해해야 한다. 다 알면서도 모르는 척하는 것은 진짜 몰라서가 아니다. 지금 이 상황에서 내 생각과 판단이 정말 맞는지 한 번 더 숙고하기 위해서다. 그렇게 충분히 무르익은 생각에서 나오는 말은 묵은지처럼 깊고 따스한 맛이 난다. 반대로 생각이 들자마자 멈추지 않고 쏟아낸 말은 양념이 채 스며들지도 않은 겉절이처럼 얕고 알싸한 맛이 난다. 이렇듯 '멈춤'은 관계의 온도를 너무 뜨겁지도, 차갑지도 않게 지켜주는 따스한 힘을 지니고 있다.

관계의 주도권은 나에게

우리는 관계에서 주도권을 가지는 사람을 '리더'라 부른다. 리더는 가정에도, 학교에도, 직장에도 있다. 그리고 이러한 리더가 가지는 힘을 우리는 '리더십'이라 한다. 리더십은 크게 두 가지 방식이 있다. 하나는 '강제력'이고, 다른 하나는 '감화력'이다.

어느 날 계급이 높은 고참이 이제 막 입대한 신병에게 매일 돌멩이를 하나씩 주워오라고 시켰다고 한다. 조건도 있었다. 반드시 전날보다 더 큰 돌멩이를 가져올 것. 고참은 돌멩이를 받아 전날의 것과 비교한 뒤 더 크면 작은 돌멩이를 휙 던져버리고, 다음 날은 더 큰 돌멩이를 가져오라고 했다. 그런 날이 반복되자 신병은 돌멩이가 아니라 고참을 휙 집어던지고 싶은 마음이 들었다고 한다.

이렇듯 고참이라는 지위를 앞세워 말도 안 되는 일을 강제로 시키는 순간 리더십은 반발과 분노를 낳는 힘이 되고 만다. 반면 사람을 감화시켜 스스로 따르고 싶게 만드는 리더십은 애쓰지 않아도 자연스럽게 관계의 주도권을 얻게 한다. 그러므로 관계에서 주도권을 갖고 싶다면, 상대가 자발적으로 따르고 싶어지도록 감화를 주는 노력이 필요하다.

최근 방송을 통해 인연을 맺은 모이세 신부님과 함께 대학교를 하나 설립했다. 앞서 잠시 언급했던 그 학교의 이름은 '콩나물대학교'다. 콩나물시루에 물을 주면, 물은 그대로 흘러내린다. 하지만 다음 날이 되면 콩나물이 쑥 자라 있다. 이처럼 오십이 넘어가면 어떤 말을 들어도 콩나물시루 속의 물처럼 금세 빠져나가지만 그사이 지혜는 쑥 자란다. 50대와 60대를 대상으로 콩나물 시루 같은 대학을 만들자는 뜻에서, 신부님은 이 대학을 콩나물대학교라고 이름 붙였다.

콩나물대학교에서 신부님은 부총장을, 나는 총장을 맡았다. 교수진은 모두 일곱 명으로, 신학·심리·철학·법학·과학·음악·문화학 전공자들로 이루어져 있다. 그런데 대학 설립을 준비하는 과정에서도, 개교 이후에도 부총장인 모이세 신부님은 다른 교수들보다 훨씬 많은 일을 맡아 하셨다. 번거로운 일도, 손이 많이 가는 일도 마다하지 않으셨다. 그 모습을 보며 '사랑은 수고를 모른다'는 말이 이해되면서도 한편으로는 의구심이 들었다. 아무리 사랑하는 일이라도 저렇게까지 하면 힘들지 않을까 싶었기 때문이다.

대학교가 문을 여는 날 저녁, 온갖 궂은일을 도맡아 하시던 신부님께 조심스레 여쭤봤다.

"어떻게 그 모든 일을 그렇게 열심히 하실 수 있나요?"

그러자 신부님은 수도원 시절 이야기를 들려주었다.

"저는 수도원에서 오랫동안 수도자들과 함께 살았습

니다. 그때 소임을 맡아 책임자로서 무엇을 하자고 하면 아무도 나서지 않더군요. 처음에는 원망도 생기고 화도 났습니다. 그런데 어느 순간 이런 생각이 들었습니다. '이 수도원에는 나밖에 없다.' 그렇게 마음먹고 나니 모든 일을 제가 하게 되었습니다. 그러니까 거짓말처럼 일이 하나도 힘들지 않았습니다. 다른 수도자들에 대한 원망이나 짜증도 사라졌고요. 오히려 누군가 조금이라도 도와주면 그렇게 고마울 수가 없었습니다. 그 후로는 무슨 일을 하든 '나 혼자다'라고 생각합니다. 그러면 어떤 일을 해도 하나도 힘들지 않아요."

나는 신부님의 이야기에 깊은 감명을 받았다. 당장 나도 그렇게 살아봐야겠다고 마음먹었다. 그러자 아직 아무 일도 시작하지 않았는데도, 앞으로 함께 일하게 될 사람들이 밉거나 원망스럽지 않을 것 같았다. 시작도 하지 않았는데 말이다.

그날 집으로 돌아와보니 부엌 싱크대에 그릇들이 수북이 쌓여 있었다. 이전 같았으면 '이따 아내가 하겠지'

하고 넘겼을 것이다. 그런데 문득 이런 생각이 들었다.

'이 집에는 나밖에 없다.'

그 순간 놀랍게도 나는 고무장갑을 끼고 수세미를 집어든 채 설거지를 하고 있었다. 스스로도 깜짝 놀랐다. 그 한마디의 힘이 이렇게 강력하다니, 대박인걸.

'이 집에는 나밖에 없다', '이 직장에는 나밖에 없다', '이 사무실에는 나밖에 없다'라고 생각하는 순간 작은 기적이 일어나기 시작한다. 모든 일이 내 일처럼 느껴지니 결국 내가 하게 된다. 그리고 내가 하다 보면 자연스레 내 일이 된다. 그렇게 묵묵히 일하고 있으면, 어느새 내 모습을 본 다른 사람들도 주섬주섬 움직이기 시작한다. 시너지 효과가 나로부터 주변 가족과 동료에게 번져나간다.

신부님 덕분에 콩나물대학교는 '나밖에 없다'고 생각하는 교수 일곱 명이 운영하는 학교가 되기 시작했다. 누구 하나 일을 남에게 미루지 않았고, 모두가 이 일이 곧 내 일이라는 마음으로 솔선수범했다. 그러다 보니 누군가 조금이라도 도와주면 엄청 고마워했다. 신부님의 '나밖에 없다'는 말은 콩나물대학교라는 이름의 어원처럼 기억에서 흘러나갔지만, 교수들의 행동은 콩나물이 자라듯 쑥쑥 자라났다.

인생을 돌아보면 "나는 이만큼 하는데, 너는 왜 그것밖에 하지 않느냐"며 남을 원망하고 짜증 냈던 날들이 적지 않을 것이다. 만약 지금까지 불만투성이의 삶을 살아왔다면 생각을 한번 바꿔보자. '여기에 나만 있냐'에서 '여기에는 나밖에 없다'로. 그 순간 변화가 시작된다. 내 행동이 먼저 바뀌고, 그다음에 주변 사람이 바뀌고, 결국 세상이 바뀌기 시작한다. 관계의 주도권을 내가 쥐고 싶다면 내 마음부터 '나밖에 없다'로 세팅하는 것, 그것이 가장 확실한 방법이다.

인맥 말고 인연 쌓기

하루는 가슴이 너무 설레서 좀처럼 잠들지 못했다. 40여 년 만에 초등학교 3학년 때까지 내내 같은 반이었던 친구와 연락이 닿아 다음 날 만나기로 했기 때문이다. 마침내 강남의 근사한 레스토랑에서 만난 우리는, 반가움에 손을 맞잡고 와락 부둥켜안았다. 그러곤 늘 부반장만 도맡아 하던 친구는 내가 도시로 전학을 간 뒤 마침내 반장이 되어 소원을 풀었다며 옛날이야기를 꺼내 나를 웃게 만들었다.

우리는 밥도 먹는 둥 마는 둥, 추억을 마시고 먹느라 정신이 없었다. 하는 일도 다르고, 사는 법도 달랐지만 잊고 지냈던 유년의 기억이 새록새록 떠올라 마치 매일 만나온 친구처럼 정다웠다. 신기하게도 닮은 점이 많았고, 생각하는 결도 비슷했다. 그날 이후 우리는 생각만 해도 좋은 사이가 되어 가끔 안부도 묻고 만나기도 했다.

오랜만에 만나도 편한 이 친구처럼, 초등학교 동창회에 가면 마음이 편했다. 그런데 이상하게도 사회에서 만난 사람들과의 모임에 가면 그리 편치 않았다. 왜 그런 걸까? 한동안 이유를 알지 못했는데, 어느 순간 두 모임 사이에 분명한 차이가 있다는 걸 알게 됐다. 그것은 '인연'과 '인맥'의 차이였다.

인연과 인맥은 비슷해 보이지만 전혀 다르다. '인연'은 상대가 중심이 되는 관계고, '인맥'은 내가 중심이 되는 관계다. 사람이 좋아서 만나면 인연이 되지만, 나의 이득을 위해 사람을 만나면 인맥이 된다. 그래서 인연은 내가 상대방에게 다가가는 관계이고, 인맥은 상대방을 나에게 끌어들이는 관계다. 그러다 보니 인연을 이어가는 일은 즐겁고 아무런 힘이 들지 않지만, 인맥을 유지하는 일은 피곤하고 많은 에너지를 필요로 한다.

한번은 대구에 살고 계신 여든이 넘은 엄마에게 전화를 걸어 이렇게 물어봤다.

“엄마, 엄마는 정말 외롭고 힘들 때 전화해주는 사람이 몇이나 돼?”

“아이고, 하나도 없다. 하나도 없어. 다 밥 사주고 잘해줄 땐 벌떼처럼 몰려들더니, 나 힘들고 괴로울 땐 아무도 연락을 안 한다.”

“한 사람도 없어?”

“그래, 하나도 없어. 아침부터 야가 속상하게 왜 이런 전화를 해가지고. 그래, 니는 있나?”

“아니. 나도 없어.”

“으이구, 지도 없으면서 왜 아침부터 멀리 있는 엄마 속을 뒤집노.”

여든이 넘도록 살아왔는데도 진짜 인연이 없다는 엄마의 이야기를 들으니, 문득 내 미래를 미리 들여다보는 것 같아 마음이 씁쓸해졌다. 어쩌다 엄마와 나는 이렇게 됐을까. 그 후로 나는 여러 날에 걸쳐 사람들에게 같은 질문을 던졌다. 놀랍게도 돌아오는 대답은 엄마와 크게 다르지 않았다.

그러다 2021년, 뉴스를 하나 보게 되었다. 그해 갤럽 월드폴이 OECD(경제협력개발기구) 국가들의 국민에게 '곤란한 상황에서 도움을 청할 수 있는 친구나 친지가 있는가?'에 대한 설문조사를 했다고 한다. 이 질문에 '없다'고 답한 비율이 높을수록 사회적 고립도가 큰데, 한국은 그 비율이 18.9퍼센트로 회원국 가운데 네 번째로 높았다. 이렇게 우리 사회의 사회적 고립도가 높은 이유 가운데 하나는, 인연을 쌓는 데에는 관심이 적고 인맥을 만드는 데에는 지나치게 많은 공을 들이기 때문이다. 우리는 사람을 만날 때조차 관계 그 자체보다 내가 필요한 자원과 도움을 얻는 데 더 많은 에너지를 쓰며 살아가고 있다.

인맥을 만드는 데에는 정치인을 따라갈 사람이 없다. 국회의원이 출간 기념회를 열면 수천 명이 줄을 서서 책을 사고, 후원금도 몇천만 원을 훌쩍 넘긴다. 인맥을 제대로 만들지 못한 작가가 책 한 권을 써서 백만 원 남짓

한 인세를 받는 현실을 떠올리면, 사람들이 왜 이렇게 인맥에 목을 매는지 이해가 된다.

반면 인연을 쌓는 데에는 고향 친구만 한 사람이 없다. 그들은 평소에 자주 연락하지도 않고 어쩌다 만나도 야단스럽게 반가워하지 않는다. 안방 구들장이 서서히 데워지듯 오랜 세월 은근히 서로를 생각하고 위하는 마음이 켜켜이 쌓여 관계의 깊이가 만들어진다. 화려하게 장식된 유리그릇처럼 눈에 띄지는 않지만 투박한 질그릇처럼 평생 서로를 챙겨주는 마음으로 이어지는 관계다.

인연을 쌓는 비결은 두 가지밖에 없다. 그 사람을 조건 없이 사람 자체로 좋아할 것. 그리고 오래도록 부담 없이 잘해줄 것. 그래서일까. 모든 것을 다 줄 것처럼 화려하게 다가오는 사람을 보면 나는 오히려 겁이 난다. '이 사람은 또 내게서 무엇을 가져가려고 공작새 날개처럼 요란하게 다가올까' 하는 마음이 먼저 든다. 첫 만남이 화려할수록 인연을 가장한 인맥을 쌓으려는 사람일 가능성이 높다.

40년 만에 만난 내 친구는 나에게 바라는 것이 없다. 한 번씩 얼굴을 보고 안부를 나누는 것이 전부다. 나 역시 그 친구에게 바라는 게 없다. 이렇게 여생을 서로 정을 나누며 살아가면 그것으로 충분하다. 이해관계가 끼어들 틈이 없는 사이로 지내는 사람, 그 사람이 바로 나의 인연이다.

인맥에서 인연으로 넘어가는 순간부터 마음은 잔잔한 바다처럼 평화로워지기 시작한다. 인맥이 많다고 자랑할 일이 아니라, 인연이 많다고 자랑스러워해야 한다. 은근한 불이 오래간다. 편안한 삶을 사는 데에는 인맥을 100명 만드는 것보다 단 한 사람의 인연을 쌓는 것이 훨씬 낫다.

열차가 달릴 때 뛰어내리지 마라

베스트셀러 작가이자 국제구호가인 한비야 씨는 예순의 나이에 결혼했다. 상대는 일곱 살 연상의 네덜란드인인 국제구호가 안톤 씨다. 그녀는 이 결혼을 두고 "육십은 나에게 결혼 적령기였다"는 명언을 남겼다. 환갑의 나이인 육십이 어떻게 결혼 적령기가 될 수 있었을까.

사실 결혼 적령기란 따로 정해져 있지 않다. 사람마다 다를 수밖에 없다. 어떤 사람에게는 육체적으로 가장 건강한 20대일 수도, 또 어떤 사람에게는 한비야 씨처럼 60대일 수도 있다. 주변에서 흔히 "이제 결혼해야지"라는 말을 하지만, 그 기준은 대부분 타인에게 맞춰져 있다.

살다 보면 결혼뿐 아니라 인생 전반에 걸쳐 여러 '적령기', 즉 적당한 때를 만나게 된다. 적당한 때란 '준비됨'을 전제로 한다. 결혼할 준비, 부모 될 준비가 충분히 됐다고 느끼는 상태, 그래서 어떤 상황이 닥쳐와도 흔들리지 않을 만큼 사전 준비가 갖춰졌다고 느껴지는 시기를 우리는 '적령기'라 한다. 따라서 적령기는 지극히 개인적인 시기일 수밖에 없고, 때문에 남의 말에 휘둘려 자신의 적령기를 정한다면 그것만큼 어리석은 일이 없다.

나는 오랜 세월 부부 상담을 하면서 '결혼 적령기란 언제일까'를 자주 생각하곤 했다. 결혼해선 안 됐을 사람들이 결혼해 불행을 끌어안는 경우가 얼마나 많은가. 반대로 결혼해도 될 사람들이 아직은 때가 아니라며 미루는 경우는 또 얼마나 많은가. 이런저런 사례들을 지켜보다 보니 결혼 적령기에 대한 나름의 결론이 어렴풋이 보이기 시작했다. 그때는 바로 '이젠 결혼하지 않고 혼자 살아도 되겠다'는 확신이 들 때다. 혼자서도 먹고 살 수 있고, 정서적으로도 안정돼 있으며, 혼자서도 고 물고물 잘 놀 수 있어서 굳이 누가 옆에 없어도 사는 데 큰 지장이 없겠다고 느껴질 때. 바로 그 시점이 결혼 적령기다. 그 이유는 이럴 때 결혼해야 배우자를 애먹이지 않고 함께 잘 살 수 있기 때문이다.

결국 결혼 적령기는 나이가 아니라 자립과 성숙의 문제다. 한비야 씨에게 육십이 결혼 적령기였던 이유도, 그 시점에 이미 충분히 자립했고, 혼자서 아쉬움 없이 살아갈 수 있을 만큼 인간적으로 성숙해 있었기 때문이다. 상대도 이와 같은 조건을 온전히 갖추었기에 한비야 씨와 안톤 씨의 결혼은 두 사람 모두에게 결혼 적령기에 이루어진 지극히 이상적이고 아름다운 결혼일 수밖에 없다.

나는 마흔 살에 결혼을 했다. 나 또한 '이젠 혼자 살아도 충분히 즐겁고 재미있게 살 수 있겠다'는 생각이 들었을 때가 마흔이었다. 돌이켜보면, 그때 결혼하지 않았더라도 지금과 크게 다르지 않게 자립적인 삶을 살고 있을 것이다. 그때 아내 또한 '한 해 더 지나면 혼자서도 멋있게 살 수 있겠다'고 생각하던 사람이었고, 정서적으로도 안정되어 있었다. 그런 우리가 결혼해서 가장 좋았던 점은 싸움을 하지 않는다는 것이었다. 싸울 만한 일이 생겨도 굳이 상대에게 내가 원하는 것을 얻으려 하지 않았다. 친절하게 부탁하고 정중하게 이야기를 나누었다. 그래서 갈등이 싸움으로 번지지 않았다. 그것은 기술이 아니라 지금껏 나와 아내가 각자의 삶을 살아오며 이미 몸에 익혀온 방식이 결혼 생활에도 자연스레 이어졌을 뿐이었다.

부부 상담을 30년 넘게 하면서 발견한 불화의 근본 원인은 늘 두 사람 모두 혹은 한 사람의 '미숙함'에 있었다. 이 미숙함은 자신의 행복과 불행을 상대에게 맡긴 채 상대를 바꾸려 하거나 화를 내서라도 원하는 것을 얻으려는 태도로 드러난다. 상대가 싫어하는 말과 행동을 알면서도 끝내 자신이 원하는 방향으로 끌고 가려 한다. 문제는 이런 자신의 미숙함을 스스로 성장시켜 성숙함으로 바꾸려는 게 아니라 상대를 통해 채우려고 한다는 데 있다. 그러니 어느 누가 그런 요구를 호락호락 받아주겠는가. 결국 자신의 미숙함은 자신의 불행을 키우는 독약이 된다. 우리는 이런 배우자를 흔히 '자기밖에 모르는 인간' 혹은 '자기만 아는 인간'이라고 부른다.

인생을 달리는 열차에 비유해보자. 열차가 달리는 중에는 절대 뛰어내려서는 안 된다. 적어도 이 열차가 자립역과 성숙역에 정차한 후에 내려야 한다. 그리고 결혼은 다른 열차에서도 그 두 역을 지나 내린 사람과 해야 한다. 그렇지 않으면 예상하지 못한 온갖 괴로움과 고통이 결혼 기간 내내 열차 안에서 끝없이 이어지게 된다.

불교 경전 중 하나인 《벽암록》에는 스승과 제자의 대화로 전해지는 '줄탁동시啐啄同時' 이야기가 나온다. 줄탁동시란 새끼가 알에서 나오기 위해 울면서 껍질을 쪼고 있을 때 어미도 밖에서 함께 쪼아야 바로소 생명이 태어난다는 뜻이다.

어느 날 학인 스님이 스승에게 말했다.

"학인이 준비되었으니 콕 하고 쪼아주십시오."

그러자 큰 스님이 웃으며 말했다.

"내가 쪼면 네가 살겠느냐, 죽겠느냐?"

아직 모양도 덜 갖추어진 채 밖으로 나오겠다니 기가 막힌다는 스승의 일침이었다.

'아직 너는 달리는 열차에서 내릴 때가 아니니다. 더 달려 자립역과 성숙역을 지났다고 판단되면 스승인 내가 어련히 알아서 쪼아주지 않겠느냐. 그걸 못 참고 한참 달리는 열차에서 뛰어내리겠다고 하니, 참으로 어리석구나.'

스승은 이렇게 말해주고 싶었던 것이다.

인생이라는 열차를 타고 열심히 성숙역을 향해 가고 있을 때 불쑥 뛰어내려서는 안 된다. 그것은 나를 죽이고 상대를 죽이는 무책임한 선택이다. 열차가 달릴 때는 뛰어내리지 말고, 멈추었을 때 편안하게 내려야 한다. 그래야 나도 살고 남도 산다.

목이 마르면 물을 마신다

우연히 유튜브에서 생명평화운동가인 도법 스님과 옥스퍼드대학교 명예교수이자 세계적인 생물학자인 데니스 노블Denis Noble이 짧은 대화를 주고받는 장면을 보게 되었다.

데니스 노블은 아내를 먼저 떠나보낸 뒤 삶과 죽음에 대한 깊은 의문에 빠졌다. 그러다 우연히 만난 한국의 다큐멘터리 제작팀과 함께 네 분의 고승을 찾아가 대화를 나누었는데, 그중 한 분이 바로 도법 스님이었다. 데니스 노블 교수는 도법 스님에게 단도직입적으로 물었다.

"불교란 무엇입니까?"

질문을 듣자마자 스님은 이렇게 대답했다.

"목이 마르면 물을 마십니다. 물을 마시면 목마름이 해결됩니다. 이런 걸 가르치는 게 불교의 기본이라고 봅니다."

데니스 노블 교수는 어이가 없다는 듯 껄껄 웃으며 말했다.

"그래요? 그렇게 간단한가요?"

스님은 아무 말 없이 웃었다.

그 짧은 장면이 얼마나 강렬하던지, 그날 이후 나는 마치 눈앞에서 매 순간 스님을 뵙고 있는 듯한 착각에 빠지곤 한다. 누군가 내게 상담이 무엇이냐고 묻는다면, 나 역시 스님과 똑같이 대답하면 되겠다는 생각이 든다.

"목이 마르면 물을 마십니다. 물을 마시면 목마름이 해결됩니다."

얼마나 많은 부부들이 배우자가 목말라하는데도 바닷물을 건네는지 모른다. 외로움을 느끼는 아내에게 남편은 선심 쓰듯 돈을 듬뿍 쥐여주며 하고 싶은 건 뭐든 다

하라고 말한다. 하지만 아내에게 지금 필요한 것은 돈이 아니라 남편이 곁에 있어 주는 일이다. 남편은 아내가 왜 목말라하는지조차 묻지 않은 채, 그저 자기 방식대로 문제를 해결하려다 오히려 갈증을 더 키운다.

이보다는 조금 나아 보이지만, 갈증을 불러일으키는 또 다른 경우도 있다. 남편이 아내의 외로움을 알아차리고 함께 여행을 떠난다. 그러나 남편은 여행지에서도 휴대폰에 빠져 유튜브만 보고 있다. 함께 있지만 함께 있지 않은 시간, 즉 목마른 아내에게 물이 아니라 그와 유사한 음료수만 건네는 셈이다.

부모와 자식 관계도 다르지 않다. 얼마나 많은 부모가 자식이 목말라하는데도 바닷물을 퍼주는지 모른다. 음악이 좋아서 학교 공부를 소홀히 하는 아들에게 정신과 약을 먹이고, 억지로 학원과 스터디 카페로 몰아넣는다. 아이가 우울해하면 심약한 정신 때문이라고 야단부터 친다.

이보다는 조금 덜해 보이지만, 갈증을 일으키는 경우

가 또 있다. 부모는 아이가 음악을 좋아한다는 이유로 콘서트나 연주회 티켓을 끊어준다. 하지만 아이가 정말로 원하는 것은 듣는 음악이 아니라 직접 연주하는 경험이다. 이는 아이가 목말라하는데 콜라나 사이다를 퍼주는 격이다. 바닷물보다는 낫지만 애타는 마음은 더 심한 갈증을 느끼게 한다.

나는 바닷물을 주는 남편에게 이렇게 말한다. 휴대폰과 텔레비전을 모두 끄고 아내와 함께 파도 소리를 들으며 바닷가를 거닐어보라고. 그리고 그것이 아내의 목마름을 없애주는 물이라는 것을 알려준다. 실제로 그렇게 며칠을 보내고 오면 아내의 우울 증상은 서서히 가라앉기 시작한다. 물을 마시고 목마름이 사라졌기 때문이다.

나는 바닷물을 주는 엄마에게도 이렇게 말한다. 아들이 음악 전문가를 만나서 직접 악기를 만지고 연주해볼 수 있도록 도와주라고. 그리고 그것이 아이의 목마름을 없애주는 물이라는 것을 알려준다. 나의 조언대로 아이가 선생님을 만나 연주를 시작하면 어느새 짜증과 우울은 눈에 띄게 줄어든다. 역시나 물을 마셔서 목마름이 사라졌기 때문이다.

불교도, 상담도, 사랑도 원리는 같다. 목이 마르면 물을 마시게 해야 한다. 그래야 목마름이 사라진다. 이렇게 간단한 원리인데, 이것을 몰라 평생을 헤매게 된다면 너무 속상한 일 아닌가.

속도가 맞지 않는 관계는 반드시 어긋난다

'열 번 찍어 안 넘어가는 나무 없다'는 말만 믿고, 관심 가는 여자에게 첫 만남 이후 두 달 동안 매일 아침저녁으로 두 통씩 편지를 보낸 후배가 있었다. 사랑하는 마음을 가득 담아 짧게는 한 장, 길게는 세 장씩 보냈지만 결국엔 퇴짜를 맞고 말았다. 후배는 쓴 소주잔을 기울이며 여자가 헤어지며 했던 말을 들려줬다.

"아, 진도 좀 맞춰요."

이제 막 호감이 생기려던 참인데 여자에게 폭탄을 퍼붓듯 매일 편지를 보냈으니, 내가 여자라도 질릴 것 같았다. 곧이어 씩씩대던 후배가 이렇게 말했다.

"그 속담 다 틀렸어. 열 번 찍어도 안 넘어가. 씨."

불과해진 얼굴로 내 앞에서 꺽꺽 울던 후배를 보며, 나는 문득 이런 생각이 들었다. 이 친구는 그 여자를 사랑한 걸까, 아니면 그 여자를 사랑하는 자기감정을 사랑한 걸까. 젊은 날의 나도 그랬고, 지금의 젊은이들도 크게 다르지 않다. 우리는 처음 사랑을 시작할 때 종종 상대를 사랑하기보다 상대를 좋아하는 내 마음과 감정을 사랑하곤 한다.

상대를 정말 사랑하는지, 아니면 내 감정을 사랑하는지를 가늠하는 방법은 의외로 간단하다. 내가 상대의 페이스에 맞추고 있는지, 아니면 내 페이스에 상대를 맞추려 하고 있는지를 보면 된다.

상대를 진심으로 사랑할 때는 상대의 속도, 즉 사랑이 익어가는 정도를 살피며 그에 맞게 자신의 표현을 조절하게 된다. 사랑하기 때문에 상대에게 맞추고 싶은 마음이 자연스럽게 생기기 때문이다.

이에 비해 내 감정을 사랑할 때는 전혀 다른 모습이

나타난다. 조바심이 생겨서 자꾸 과속을 하게 된다. 찾아오지 말라고 하는데도 집 앞으로 찾아가고, 특별한 날이 아닌데도 선물을 하고, 집에 가야 한다는 사람을 붙잡고 계속 함께 있자고 매달린다. 그러면서 이것이 너무 좋아서 어쩔 수 없이 나오는 행동이라고 합리화한다. 하지만 이는 사랑이 아니다. 사랑을 빙자한 폭력에 가깝다.

'사랑'이란 상대를 있는 그대로 존중하는 것이다. 반대로 '폭력'이란 상대를 나에게 맞추려는 것이다. 상대의 감정은 아랑곳없이 내 감정을 앞세워 선물 공세를 하고, 함께 시간 보내기를 요구하며, 나와 같은 마음이 되기를 은근히 압박하는 행동은 결국 상대의 마음을 얻기보다 다치게 만들 뿐이다. 그것은 사랑이 아니라 마음을 얻으려는 어리석은 몸짓에 불과하다.

그러므로 우리는 꼭 기억해야 한다. 사랑은 속도를 맞추는 일이라는 것을. 속도 차이 하나 때문에 부부가 될 수도 있었던 인연이 얼마나 많이 남남으로 살고 있는지 생각해보면 알 수 있다. 사랑이 무르익기 위해 가장 먼저 필요한 조건은 속도를 일치시키는 것이다.

그런데 자꾸만 자기 속도에 맞춰 상대의 감정을 끌어오려는 이유는, 나도 모르게 상대를 소유하려는 욕구가 앞서기 때문이다. 사람은 장난감 가게의 레고 인형이 아니다. 내가 원한다고 해서 덥석 강제로 소유할 수 있는 존재가 아니다. 상대 역시 나와 마찬가지로 좋아하는 것을 선택하고, 싫어하는 것을 거절할 권리를 가진 존재다. 가깝다는 이유만으로, 상대가 내 뜻대로 행동하길 요구할 권리는 누구에게도 없다.

사랑은 고통을 주지 않는다. 고통을 주는 것은 소유욕이다. 한 번씩 세상 사람들을 깜짝 놀라게 하는 끔찍한 스토킹 범죄를 보면 그 공통점은 분명하다. 상대를 자신의 소유물로 여기고, 헤어졌음에도 끝내 놓아주지 않으려는 소유욕이 비극을 낳는다.

첫사랑에 실패했던 그 후배는 '사랑은 속도다'라는 배움을 잊지 않았고, 그래서 지금의 아내를 만나 무르익은 사랑을 할 수 있었다. 후배는 종종 나에게 말했다. 그때 '진도 좀 맞추라'고 따끔하게 조언해준 첫 여자 친구가 오히려 고맙다고. 그 말 덕분에 아내를 만날 수 있었고, 아이 둘을 키우면서도 속도를 맞출 수 있었다고. 그 말이 정말 맞다. 사랑은 속도다. 속도를 맞추는 것이 사랑이다. 사랑이라는 감정을 사랑하지 말고, 그 감정을 품고 있는 연인을 사랑하는 게 진짜 사랑이다.

불 끄고 누우면
보이는 것들

"우리 더운데 불 끄고 누울까?"

"그래."

에어컨을 켜고 내친김에 선풍기도 약하게 틀었다. 시원한 바람이 뺨과 다리를 스쳐오니 어느새 공기가 쾌적하게 느껴졌다. 고등학생 아들과 멀뚱멀뚱 마주 보고 있던 어색한 분위기도 에어컨 바람에 시원하게 씻겨 날아가고, 선풍기 바람을 타고 편안한 기분이 잔잔하게 스며들었다.

"아빠, 너무 시원하고 좋은데."

"아, 시원해. 천국이 따로 없는데."

"아빠 어릴 때는 에어컨이 없어서 어떻게 잤어?"

"에어컨이 뭐냐, 선풍기도 집에 한 대밖에 없었어."

"와아, 엄청 더웠겠네."

"그래도 그때는 덥다는 생각이 안 들었어. 지금보다 덜 더웠던 걸까?"

그렇게 시작된 이야기는 별의별 이야기로 이어지다가 어느새 몇 시간을 훌쩍 넘기고 있었다.

"아빠, 우리처럼 이렇게 속 이야기를 오래 하는 아들이랑 아빠가 있을까?"

"그러게, 거의 없을 것 같은데."

"근데, 아빠. 벌써 세 시야."

아들과 불을 끄고 두런두런 이야기를 나누다 보니 어느새 새벽이 밝아와 있었다. 평소 같으면 10분도 채 넘기지 못했을 대화다. 불 하나 껐을 뿐인데 네 시간이 훌쩍 흘렀다. 이유가 무엇일까. 나는 그 이유가 눈을 마주하는 데서 오는 어색함과 부담이 사라졌기 때문이라고 생각했다.

우리는 오랫동안 아빠와 아들이 눈을 마주 보며 이야기하는 데 익숙지 않은 세월을 살아왔다. 지금도 엄마와는 몇 시간이고 이야기를 나누던 아들이 아빠와 마주 앉으면, 의례적인 말만 주고받은 채 시선은 엉뚱한 곳을 헤맨다. 그러다 누군가 "아, 목마른데" 하고 먼저 일어나 물을 가지러 가는 순간, 대화는 그렇게 끝나버린다.

나 역시 별다른 아빠는 아니었다. 어릴 때는 이런저런 이야기를 나누던 아들이 중학교에 들어가고 고등학교에 올라가면서 조금씩 서먹해지기 시작했다. 오가는 말이 짧아지니 함께 보내는 시간도 확 줄어들었다. 그러다 문득 어릴 때 시골 평상에 긴 모기장을 쳐놓고 아버지와 나란히 누워서 별을 보며 두런두런 이야기 나누던 장면이 떠올랐다. '그래, 이거다!' 싶어서 나는 속으로 쾌재를 불렀다. 모기장과 별을 거실에 옮겨와보기로 했다. 방법은 너무나 간단했다. 불을 끄면 에어컨에 깜빡이는 작은 불빛이 별이 된다. 에어컨 바람과 선풍기가 만들어내는 맞바람은 평상 위로 시원하게 불어오던 시골의 자연풍이 된다. 아버지와 내가 누워 있던 자리에 이제는 나와 아들이 눕는다. 그렇게 거실은 어느새 평상이 된다.

그 시절 아버지와 두런두런 이야기를 나눌 수 있었던 건 눈을 굳이 마주치지 않아도 되었기 때문이다. 여기에 바람과 별이 더해지니 마음은 한껏 쾌적하고 편안해졌다. 여름밤에 이런 대화를 몇 차례 나눈 덕분에 아들과 나는 부쩍 친밀해졌다.

그 시간을 계기로 아들과 눈을 마주한 채 이야기하는 순간도 조금씩 늘어났다. 내가 아버지와 나누었던 대화 방식이 새로운 시대, 새로운 환경에서도 여전히 통한다는 사실을 알게 되었다. 아들도 훗날 아버지가 되고, 또 그에게 아들이 생긴다면 이 방식이 자연스럽게 이어지지 않을까. 그런 생각만으로도 마치 큰 업적을 이룬 듯이 가슴이 뿌듯해졌다.

나는 아들과 불을 끄고 누워 이야기하는 이 습관이 너무 좋아서 집단상담을 할 때마다 아버지들에게 꼭 한 번씩 권하곤 했다. 얼마 전에는 내 이야기를 들은 50대 초반의 정육점 사장님이 오랫동안 사이가 좋지 않았던

70대 아버지를 찾아가 실제로 그 방법을 시도했다고 한다. 그러자 거짓말처럼 닫혀 있던 마음의 문이 열리며 그간 하지 못했던 깊은 이야기가 오갔다. 대화가 끝날 즈음 아버지는 눈물을 흘리면서 평생 처음으로 아들에게 미안하다고 말했다. 그렇게 두 사람은 어둠 속에서 서로를 부둥켜안고 오래도록 울었다.

이 이야기를 내게 들려주던 정육점 사장님은 눈물을 주르르 흘렸다. 그 후 그는 '불 끄고 이야기하기' 전도사가 되어 주변 사람들에게 이 방법을 권했고, 실제로 해본 몇몇 친구에게서 "아들의 마음이 열려 정말 좋았다"는 이야기를 들었다며 내게 거듭 고맙다고 했다.

세월이 흐르며 우리가 살아가는 속도는 말할 수 없이 빨라지고 정보는 넘쳐나지만, 정작 사람 사이의 대화는 점점 짧아지고 있다. 그럼에도 가족만큼은 오랜 세월 익숙해진 아날로그 정서 속에 머물러 있다. 그 가운데서도 가장 서먹한 관계는 아버지와 아들인 경우가 많다. 아들이 아버지와 정서적으로 가까워지고 친밀해질 수 있다면, 갈수록 숨 가빠지는 세상 속에서도 조금 더 편안하고 안정된 삶을 살아갈 수 있을 것이다.

내 아들은 어느새 대학생이 되었다. 그러나 우리 부자에게는 여전히 불을 끄고 나란히 누워 있는 아름다운 시간이 있다. 그 시간을 떠올리면 지금도 설레고 다음 여름이 기다려진다. 올해는 불을 끄고 누워 아들과 또 어떤 속 깊은 이야기를 나누게 될까. 올해 여름은 유난히 길다고 하니 우리 부자에겐 더없이 반가운 소식이다.

"우리 불 끄고 누울까."

그 말을 다시 할 날이 벌써 기다려진다.

잘못 택한 걸까,
잘못 대한 걸까

가정폭력을 저지른 남편들을 상담한 지도 어느새 30년이 되었다. 그동안 아내에게 폭력을 행사한 남편들에게서 가장 많이 들었던 말들 가운데 압도적 1위는 "내가 그때 여자를 잘못 선택했다"는 말이다. 그들은 예전으로 다시 돌아간다면 절대로 이 여자를 택하지 않았을 거라고 했다. 그러면서 자신이 얼마나 이상한 여자를 선택했는지 늘어놓곤 했다. 처갓집이 그 모양이라느니, 그 집안 사람들은 다 경우가 없다느니 하는 이야기부터 여자 성격이 이상하다, 대화가 통하지 않는다, 무례하다는 말에 이르기까지 '잘못 택한 이유'가 줄줄이 사탕처럼 이어졌다.

'잘못 택했다'는 말을 자주 듣다 보니, 어느 날 이런 의구심이 들었다. 그렇다면 그렇게 비난받는 아내는 과연 남편을 제대로 택한 걸까. 아내의 입장에서 남편을 떠올려보니, 왠지 아내 역시 잘 택한 것 같지 않았다. 남편의 말투나 태도를 보면, 그 누가 아내가 되어도 그다지 좋아하지 않을 것 같았기 때문이다. 나의 의구심은 꼬리에 꼬리를 물고 여기까지 이어졌다. 혹시 여자를 잘못 택한 게 아니라, 여자에게 잘못 대해왔던 건 아닐까.

사람은 참 묘한 존재다. 자기 자신은 완벽하고 잘못이 없다고 여긴다. 그래서 관계에서 불편한 일이 생기면 자신의 허물을 돌아보기보다 상대의 허물을 먼저 찾아내려 한다.

"거봐, 이 사람이 이러니까 내가 그럴 수밖에 없잖아. 난 피해자야."

남편이 이렇게 생각하니 아내라고 다를 리 없다. 아내 역시 남편의 허물을 찾아내고 자신은 잘못이 없다고 말한다. 그 순간부터 말다툼이 시작되고 급기야 폭력으로까지 이어진다. 아이러니한 것은 두 사람 모두 "나는 잘못한 게 없다"고 말하면서 서로의 잘못만을 공격한다는 것이다.

나는 결혼하기 전에 우연히 법륜 스님의 《스님의 주례사》를 읽고 깊은 감명을 받았다. 법륜 스님은 '결혼 적령기'란 '길 가는 어떤 여자를 만나도 행복하게 해줄 자신이 생기는 때'라고 했다. 나는 그 문장을 보며 숙연해졌다. 길 가는 어떤 여자를 만나도 행복하게 해줄 수 있는 남자란 어떤 사람일까. 아마도 모든 사람을 품을 수 있을 만큼 마음이 넓은 남자가 아닐까. 그러려면 무엇보다 내 안에 들어 있는 것이 괜찮아야 하지 않을까. 그런 질문들이 이어진 끝에 나는 스스로에게 물었다.

'과연 나는 그런 사람일까?'

최근 결혼 20주년 기념일에 아내에게 이런 고백을 했다. 내가 당신과 잘 지낼 수 있었던 비결이 어쩌면 법륜 스님의 말씀 덕분일지도 모르겠다고. 누구라도 행복하게 해줄 수 있는 사람이 되겠다고 마음먹었기에, 괜찮은 당신을 행복하게 하는 일쯤은 그리 어려운 일이 아니었을 것 같다고 했다. 솔직한 심정이었다.

누구라도 행복하게 해줄 수 있는 남자가 되겠다고 마음먹으면 더 이상 아내 탓을 할 수 없게 된다. 어떤 아내라도 괜찮다는 전제가 먼저 서기 때문이다. 그러고 나면 아내의 행불행은 내 인격의 크기에 달려 있다고 생각하게 된다. 그 결과, 아내의 어지간한 잘못에도 함부로 비난하지 않는다. 대신 이렇게 생각한다.

'오, 이번 일은 난이도가 좀 높은걸.'

그리고 이 상황을 어떻게 잘 풀어가면 좋을지 마음을 쓴다.

아내도 이런 생각을 하면 좋겠지만, 법륜 스님의 말을 먼저 접한 사람은 나다. 그래서 먼저 알게 된 내가 노력하면 된다고 생각했다. 두 사람 다 노력하면 더 좋겠지만, 그게 안 된다면 한 사람이라도 먼저 시작하면 되는 것 아닌가.

우리가 결혼 전에 상대방을 별로라고 느꼈다면, 그 사람을 평생 함께할 배우자로 굳이 택하지는 않았을 것이다. 그렇게 생각해보면 우리는 이미 괜찮은 사람을 택한 셈이다. 그렇다면 남은 일은 하나다. 그가 계속 괜찮은 사람으로 살아가도록, 가능하다면 더 괜찮은 사람이 되도록 대하는 것이다. 내가 먼저 말과 행동을 조심하고, 상대의 행동에 반응할 때도 잘 대해주면, 상대의 반응 역시 자연히 좋아질 수밖에 없다. 그러면 상대 역시 괜찮은 배우자로서의 모습을 유지하려 애쓰거나, 더 나은 모습을 보여주려고 노력하게 된다. 그 과정을 거치며 우리는 다시 한번 안심하게 된다. '내가 잘 선택했구나' 하고. 그러나 우리는 분명히 알아야 한다. 결혼 생활에서 배우자를 잘 택하는 것보다 더 중요한 것은 배우자에게 잘 대해주는 것이다.

이혼한 집보다 이혼해야 할 집에 사는 아이가 더 불행하다

갈등이 심한 부부들을 상담하다 보면 아이 때문에 이혼하지 못한다는 이야기를 자주 듣게 된다. 이혼을 하면 아이가 자라면서 친구들에게 놀림을 당할까 봐 두렵고, 커서 결혼하게 될 때 사돈집에 흠 잡힐까 봐 걱정되고, 결혼식장에서 혼주석에 한 사람만 앉아 있는 모양새가 영 보기 안 좋을까 봐 꾹 참고 산다는 것이다.

그런데 그것이 정말 아이를 위한 선택인지에 대해서는 깊이 생각하지 못한다. 아이에게 직접 물어보지도 않은 채 이혼하지 않는 편이 아이한테 더 나을 거라고 부모가 자의적으로 판단하기 때문이다. 이혼하면 아이가 힘들어할 거라고 짐작하지만 실제로 그렇다고 단정할 수는 없다. 그럼에도 부부는 허구한 날 피 터지게 싸우면서도 '아이를 위해서'라는 명목으로 이혼을 계속 뒤로 미룬다.

그렇다면 아이들이 성인이 되었을 때, 이혼 가정에서 자란 아이들과 이혼하지 않았지만 불화한 부모 아래에서 자란 아이들 가운데 누가 더 불행할까? 가족학자들은 이 문제를 두고 오랜 세월 연구를 이어왔다. 그리고 하나의 결론에 이르렀다. 이혼 가정에서 자란 아이보다 이혼했어야 할 가정에서 자란 아이가 더 불행하는 것이다. 그러므로 가장 불행한 아이는 불화한 가정에서 자라는 아이다.

《불행은 어떻게 질병으로 이어지는가》의 저자인 소아과의사 네이딘 버크 해리스Nadine Burke Harris는 다음과 같은 인상적인 질문을 던진다.

'숲을 걷다가 곰과 마주쳤다고 상상해보라. 그럴 때 우리 몸에는 어떤 일이 벌어질까.'

만약 우리가 이런 상황에 처해 있다면 온갖 스트레스 호르몬이 마구 분비되면서 이 상황을 벗어나기 위해 도망치거나 싸우려고 할 것이다. 그런데 이 곰이 우리 집 안에 살고 있다면 어떨까. 그렇다면 스트레스 호르몬은 시도 때도 없이 분비되고 몸과 마음은 늘 극도의 긴장 상태에 놓이면서 정상적인 삶의 패턴이 산산조각 나고 말 것이다. 이는 마치 아무 일도 없는데 화재경보기가 고장 나 사이렌이 계속 울리는 상황과도 같다. 해리스는 이러한 상태를 '유독성 스트레스'라고 불렀다. 유독성 스트레스는 몸안에 남아 평생에 걸쳐 온갖 질병을 일으킨다. 이것이 수많은 사례를 통해 그가 확인한 결론이었다.

불화한 부모는 아이에게 무서운 두 마리 곰과 같다. 아이는 그 곰을 어떻게 해볼 힘이 없다. 그래서 만성적인 긴장과 과도한 스트레스 속에서 살아갈 수밖에 없다. 이는 아이에게 매일 지옥을 경험하게 하는 것과 다르지 않다. 비록 아이가 성장해서 집을 벗어났다고 해도, 마음속에 이미 자리 잡은 상처와 유독성 스트레스는 평생 함께하며 몸을 병들게 하고, 마음까지 병들게 한다.

사람들은 혼자 사는 것보다 둘이 사는 편이 나을 거라는 기대 때문에 결혼을 선택한다. 그런데 결혼 생활이 혼자 있을 때보다 훨씬 못하다면 같이 사는 의미를 찾기 어려워지고 그 지점에서 이혼을 고민하게 된다. 그리고 그 고민에는 언제나 아이들에 대한 걱정이 따라온다.

사실 아이들은 부모가 이혼을 해도 걱정이고, 이혼하지 않고 살아도 걱정이다. 그래서 '아이를 위해' 이혼하지 않겠다고 결심해서는 안 된다. 정말로 이혼하지 않고 살고자 한다면 지금의 부부관계를 덜 불화한 관계로, 더 화목한 관계로 만들 수 있다는 자신감이 있어야 한다. 그럴 자신이 없다면, 전문 상담사의 도움을 받아 관계를 덜 불행하게 만드는 원리와 방법을 배워야 한다. 아무런 시도도 하지 않은 채 그저 아이들을 위해서라며 불화한 관계를 그대로 감내하겠다는 선택은 아이를 지키는 일이 아니다. 오히려 아이에게 정신적 살해를 가하는 일이다.

아이는 부모의 소유물도 아니고, 아무렇게나 대할 수 있는 존재도 아니다. 이혼 가정에서 자란 아이보다 이혼

했어야 할 가정에서 자란 아이가 더 큰 불행을 겪는다는 건 분명한 사실이다. 아이를 이유 삼아 이혼을 미루는 결정이, 실은 부모의 편견으로 아이를 불행으로 내모는 선택일 수 있다. 그러므로 부모라면 아이에게 정서적으로 안정된 환경을 만들어주는 선택을 할 수 있어야 한다.

자기 철학을 위한 네 번째 질문들

지금까지 살면서 나를 가장 화나게 했던 사람과 웃게 했던 사람을 떠올려보자. 내가 왜 화가 났는지, 또 왜 웃을 수 있었는지 그 이유를 생각해보자. 그리고 앞으로 그와 비슷한 사람을 만난다면 어떻게 대하고 싶은지 적어보자.

1. 나를 가장 화나게 했던 사람과 이유

2. 나를 가장 웃게 했던 사람과 이유

3. 앞으로 나를 화나게 하는 사람을 만나면 어떻게 대하고 싶은가?

4. 앞으로 나를 웃게 하는 사람을 만나면 어떻게 지내고 싶은가?

5장

[물들이기]

나의 색으로 세상을 물들여가는 만족

고통 앞에서 던지는 질문이 나를 성장시킨다

히틀러의 나치 정권 아래 학살된 유대인은 600만 명에 이른다. 그 학살을 가능케 한 대표적인 장소가 바로 아우슈비츠 포로수용소였다. 한 번 들어가면 다시 살아 나오기 어렵다 하여 '죽음의 수용소'라 불리던 곳이다. 그런데 이곳에서 살아남은 극소수 가운데 정신분석학자 스타니슬라브스키 레히가 있었다. 그는 어떻게 죽음의 수용소에서 살아 나올 수 있었을까. 세계적인 기업가 토니 로빈스Tony Robbins는 저서 《네 안에 잠든 거인을 깨워라》에서 레히의 이야기를 소개한다.

레히와 함께 수용소에 갇힌 유대인들은 사실 유대인이라는 것 말고는 그토록 모진 학대를 받고 죽어야 할 아무런 이유가 없었다. 그래서 유대인 포로들은 묻고 또 물었다.

"어떻게 신은 저런 악마들을 만들어냈을까?"

"신은 왜 나에게 이렇게 잔인할까?"

악몽 같은 현실 앞에서 레히 역시 신을 향해 울부짖으며 원망했다. 그러다 레히는 옆에 있던 다른 포로들에게 물었다.

"어떻게 하면 이 끔찍한 곳을 탈출할 수 있을까요?"

"바보 같은 짓은 하지 마!"

"탈출은 절대 불가능해!"

"그냥 살아남기를 기도하는 수밖에."

모두 절망적인 대답뿐이었다. 하지만 레히는 질문을 멈추지 않았다.

"어떻게 하면 탈출할 수 있을까? 어떻게 하면 이곳에서 살아나갈 수 있을까?"

레히는 더 이상 하나님을 원망하거나 암담한 현실을

탓하지 않았다. 그 대신 간절한 마음으로 탈출 방법에 대한 질문을 끊임없이 던졌다. 질문을 하면 답은 얻게 마련이니까. 그때 레히는 가스처형실에서 수많은 시체가 쏟아져 나오는 모습을 보게 되었다.

"그래, 지금이 바로 기회야."

레히는 옷을 모두 벗어 던지고 시체 더미 속으로 숨어들었다. 그리고 썩어가는 시체들 속에서 오히려 희망이 솟구치는 것을 느꼈다. 시체들은 모두 수용소 밖 구덩이에 버려졌고, 레히는 그 틈을 타서 벌거벗은 채로 40킬로미터를 달려 마침내 자유를 얻었다.

스타니슬라브스키 레히는 답이 떠오르기를 기대하며 끈질기게 질문했고, 마침내 자신의 생명을 구할 답을 얻었다. 그리고 종전 후에는 정신분석학자로서 인간의 존엄성 회복을 위해 헌신하는 삶을 살았다.

카메룬에 이런 속담이 있다.

'질문하는 자는 답을 피할 수 없다.'

레히는 끊임없이 올바른 질문을 했기에 답을 찾을 수

있었다. 만약 그가 다른 포로들처럼 자신의 운명을 비관하며 신을 원망하는 데 머물렀다면, 가스처형실에서 비참하게 생을 마감했을지도 모른다. 그러나 그는 그렇게 하지 않았다.

내가 상담실에서 만나는 사람들 대부분은 일에서, 혹은 가족이나 타인과의 관계 속에서 방황하고 있었다. 그런 사람들이 더 성장하고 성숙해지는 순간은 거의 예외 없이 비슷하다. 자신을 나락으로 떨어뜨리는 질문에서 벗어나 자신을 살리는 새로운 질문을 시작할 때다.

여론조사를 연구하는 《조사방법론》 교과서에는 이런 말이 나온다.

"쓰레기가 들어가면 쓰레기가 나오고, 금이 들어가면 금이 나온다."

질문을 잘해야 정확한 여론을 알 수 있다는 뜻이다. 여론조사에서만 질문이 중요한 게 아니다. 질문이 정말 중요해지는 순간은 우리가 방황할 때다.

'방황'이란 혼돈과 혼동 속에 머무는 상태를 말한다.

여기서 '혼돈'은 어지러운 것이고, '혼동'은 헷갈리는 것이다. 정신을 차리기 어려울 만큼 어지러운 형편을 '혼돈 상태', 이 답인지 저 답인지 헷갈리는 형편을 '혼동 상태'라 한다. 어지럽고 헷갈리는 상황에서 방황하기만 하면 어떤 성장도 일어나지 않는다. 오히려 고통과 괴로움만 가중될 뿐이다.

방황을 성장으로 이끄는 것은 '좋은 질문'이다. 좋은 질문은 혼돈과 혼동 속에 정리와 정돈이 자리 잡게 해준다. 지금 겪고 있는 고통과 괴로움 가운데 불필요한 것은 걷어내고, 원래 있어야 할 것은 제자리에 놓이게 해주는 것, 그것이 바로 좋은 질문의 힘이다.

삶에 문제가 생길 때 신은 인간에게 반드시 두 개의 문을 마련해둔다는 말이 있다. 하나는 죽음의 문이고, 다른 하나는 삶의 문이다. 어느 문을 선택하느냐는 어떤 질문을 던지는지에 달려 있다.

내게 불행이나 고통이 찾아올 때, 나를 죽이는 질문은 대부분 '왜'로 시작한다. 불행과 고통은 아무 예고도 없이 불쑥 찾아오기 때문이다. 그런 고통 앞에서 "왜 나에게 이런 일이 일어났는가"라고 물어도 인생은 좀처럼 답해주지 않는다.

반대로, 나를 살리는 질문은 대부분 '어떻게'로 시작한다.

"이제 어떻게 할 것인가?"

이는 아우슈비츠에서 죽음만을 기다리던 레히를 살려낸 질문이기도 했다. "이제 어떻게 하면 좋을까?"라고 묻는 순간부터 방황은 나를 성장시키는 묘약이 된다.

"우리 관계는 왜 이 모양일까?"보다 더 중요한 질문은 "우리 관계를 어떻게 하면 덜 꼬이게 만들 수 있을까?"다. '왜'에서 '어떻게'로 넘어가는 순간, 우리는 방황을 거름 삼아 성장하기 시작한다.

오늘은
다시 오지 않는다

"한 번밖에 없는 결혼인데."

이 한마디로 먹고사는 사람이 수없이 많다. 웨딩플래너부터 신혼여행 전문여행사까지, 모두가 입을 모아 말한다. 일생에 단 한 번밖에 없는 결혼이니 돈 아끼지 말고 펑펑 쓰라고. 그런데 가만 생각해보면 결혼만 한 번뿐인 게 아니다. 세상에 태어나는 일도 한 번밖에 없고, 세상을 떠나는 일도 한 번밖에 없다. 우리 삶의 모든 일이 한 번뿐이다. 우리는 날마다 한 번밖에 없는 일을 경험하며 살아간다. 예전에도, 지금도, 앞으로도 두 번은 없다. 같은 하루는 단 한 번도 없다.

고등학교 친구 가운데 유난히 뛰어난 수재가 있었다. 동창생들 중 유일하게 사법고시, 행정고시, 외무고시에 모두 합격한 친구였다. 친구들이 "살살 좀 하라"고 말하면, 그는 늘 이렇게 대답하곤 했다.

"고시 합격하고 나면 그때 편안하게 쉬겠다."

그러던 그가 외무부에 들어간 지 몇 년 되지 않아 과로로 외무부 건물 계단에서 숨을 거두고 말았다. 우리는 영영 편히 쉬는 나라로 떠나버린 친구의 장례식장에서 이런 결론을 내렸다.

"지금 쉬어야지, 나중에 쉬는 건 없어."

친구가 과로로 세상을 떠난 일은 내 삶에 적잖은 영향을 주었다. 나 역시 언제든 그 친구처럼 되지 말라는 법이 없다는 생각이 들었기 때문이다. '지금을 희생하며 살다 보면 죽음이 먼저 찾아올 수 있다'는 사실은 새삼스럽게 큰 충격으로 다가왔다. 그리고 그 일이 계기가 되어 나는 산속 암자에서 살게 되었다. 죽기 전에 꼭 한 번은 해보고 싶은 일을 곰곰이 생각하다가, 박사논문을 마무리하러 들어간 작은 산사에서 눌러살기로 한 것이다. 처음에는 서너 달만 살 생각이었지만 살다 보니 5년을 훌쩍 넘겼다. 돌아보면 그 5년의 시간이 마치 5일처럼 느껴진다. 별다른 일도 없었고, 사건 사고도 없었다. 그런데도 날마다 새로웠다. 같은 날이 하루도 없었다.

그 시절 가장 신기했던 건 스님의 신통력이었다. 어느 날 스님은 갑자기 이번 주말에 경내를 깨끗이 정리하라고 했다. 영문도 모른 채 청소를 마치고 나면, 얼마 지나지 않아 헬기 소리가 들려왔다. 헬기에서 내린 장군님은 산사로 올라와서 스님과 예를 갖춰 차담을 나누고 대웅전 불전함에 두둑이 보시한 뒤 돌아갔다.

또 한번은 비가 추적추적 내리던 날이었다. 산 아래 읍내에 장을 보러 내려갔는데, 스님이 절에 군인들이 와 있다며 당장 돌아가자고 했다. 아무 연락도 없었다고 말씀드렸는데도 스님은 얼른 차를 돌리라고 했다. 곧장 돌아와보니 처마 밑에 십여 명의 병사와 인솔 장교가 줄지어 서 있었다. 그 순간 온몸에 소름이 돋았다.

이런 일이 여러 번 반복되자, 문득 '이분이 스님이 아니라 혹시 초능력자가 아닌가' 하는 엉뚱한 생각까지 들었다. 나는 궁금증을 참지 못하고 물었다. 어떻게 아무런 연락도 없는데 장군이 올 것을 알고, 병사들이 기다리고 있는 걸 알 수 있었느냐고. 그러자 스님이 웃으며 말했다.

"너에게도 있는 능력이야. 네가 네 기운을 믿지 않아서 모를 뿐이야."

어리둥절해하는 나를 보며 스님이 말을 이었다.

"청정한 마음으로 기도하고 있으면 좋은 기운이 찾아와. 그럼 '아, 이번 주말에 좋은 기운을 가진 분이 오시려고 마음을 주시나 보다' 싶지. 그럼 영락없이 오시더라. 그리고 절에 와서 기다리며 초조해하는 군인들의 마음도 느껴져. 너는 어떻게 박사라면서 눈에 보이는 것만 믿냐?"

스님과 나눈 이 단 한 번의 대화로 나는 새로운 세계에 눈뜨게 되었다. 눈에 보이지 않아도 존재하는 마음과 마음이 통하는 세계가 있다는 사실을 여러 번 체험하면서, 내 안의 작은 세계가 어느새 더 큰 세계로 진입하고 있다는 걸 느꼈다. 그리고 그 시절 스님이 보여준 믿기 어려운 신통력과 건네준 말씀이 피가 되고 살이 되어 내 상담의 힘이 되었다. 그중에서도 가장 크게 남은 가르침은 이것이다.

'오늘은 다시 오지 않으니, 오늘을 살라.'

친구의 죽음과 산사에서의 삶이 나에게 준 선물은 '단 한 번뿐인 이 순간을 불확실한 미래에 담보로 맡기며 시시하게 살지 말자'는 깨달음이었다. 그 깨달음을 일상으로 옮긴 실천이 바로 '기념일 노트'다. 나는 날마다 새롭고 소소한 일들을 깨알처럼 기념하며 살고 있다. 오늘 마신 우유가 어제보다 더 신선하고 맛있다고 느껴지면 '우유 기념일'이라는 제목을 붙이고 몇 줄의 감상을 적는다. 어떤 날은 하루에 열 개가 넘는 기념일을 적기도 하고, 바쁜 날에는 열흘에 하나를 쓰기도 한다. 그렇게 써오다 보니 기념일 노트를 쓴 지도 어느덧 15년이 다 되어간다. 가끔 나는 노트에 적어둔 '하늘 기념일'을 읽어본다. 하루도 같은 감상이 없다. 다른 장소에서, 다른 상황에서, 다른 마음으로 본 하늘이기 때문이다. 같은 하늘은 없다. 나는 그 사실을 기념일 노트 덕분에 온몸으로 깨닫게 되었다.

시시하게 살고 싶다면 매일매일이 같다고 생각하면 된다. 내 삶을 뒤흔드는 큰일이 있을 때만 다른 날이라고 여긴다면, 평생 며칠을 빼고는 시시하고 지루하게 살 수밖에 없다. 하지만 매일 매 순간이 다르다고 생각하면 전혀 다른 신세계가 눈앞에 펼쳐진다. 매 순간이 작은 기적이 되어 놀라움과 신비로움으로 다가오고, 하루하루가 기적으로 느껴진다. 그러면 하는 일도 지루하지 않고, 사람도 지겹지 않다. 늘 다른 일이고, 늘 다른 사람이니까.

태어나는 순간부터 인생에는 두 번이 없다. 한 번뿐인 이 순간이 바로 가장 기쁜 순간이다.

나는 어떤 사람이고 싶은가?

초등학교 3학년 때 담임선생님은 생각이 매우 깊은 분이었다. 담임선생님이 우리에게 던지는 질문은 늘 예사롭지 않았다. 지금도 또렷이 기억나는 장면이 있다. 봄꽃이 환하게 피던 어느 날, 수업 시간에 선생님은 우리 반 아이들 한 명 한 명에게 질문을 던졌다.

"얘, 너는 나중에 커서 뭐가 되고 싶어?"

그러면 아이들은 차례대로 저마다의 꿈을 이야기했다.

"소방관이요."

"의사요."

"과학자요."

그럴 때마다 선생님은 아이들에게 다시 물었다.

"그렇구나, 소방관이 되고 싶구나. 그럼 어떤 소방관이 되고 싶어?"

"그렇구나, 의사가 되고 싶구나. 그럼 어떤 의사가 되고 싶어?"

"그렇구나, 과학자가 되고 싶구나. 그럼 어떤 과학자가 되고 싶어?"

그 질문에 우리는 어리둥절해하며 서로의 얼굴만 쳐다보았다. 그러자 선생님은 웃으며 이렇게 이야기했다.

"소방관이나 의사, 과학자가 되는 건 참 좋은 일이지. 그런데 더 중요한 게 있단다. 어떤 소방관, 어떤 의사, 어떤 과학자가 되느냐는 거야. 너희가 더 크면 이 질문을 자주 하게 될 거야."

정말 그랬다. 나는 살아가면서 그 질문을 수없이 했다. 박사가 됐을 때는 '나는 어떤 박사가 되어야 할까'를 생각했고, 교수가 됐을 때는 '나는 어떤 교수가 되어야 할까'를 고민했다. 상담사가 됐을 때도, 방송인이 됐을 때도 '어떤'이라는 이 두 글자가 내 머릿속을 떠나지 않았다. 그런데 신기하게도 그 '어떤'이라는 질문 덕분에 나는 조금 더 노력하는 사람, 조금이나마 더 나아지는 사람이 되었다. 그 사실만큼은 부인할 수가 없다.

초등학교 3학년 때 같은 반이던 친구를 몇 년 전 다시 만났다. 당시 부반장이었던 아이였다. 어느새 머리가 희끗희끗해진 그 친구와 이야기를 나누다 보니 나와 똑같은 질문을 품고 평생을 살아왔다는 사실을 알게 되었다. 우리는 술 한잔 기울이며 그날을 떠올렸다. 그리고 그날 선생님이 우리 반 아이들의 머릿속에 '어떤'이라는 이름의 칩을 심어놓은 게 분명하다고 입을 모았다.

"아마 죽을 때까지 따라올걸."

"그래, 죽을 때도 '어떤 죽음이 좋을까' 그러고 있을걸."

그날 우리는 '어떤'으로 시작해서 '어떤'으로 끝나는 이상한 대화를 끝없이 하다가 헤어졌다. 집에 돌아온 나는 친구를 생각하며 또 나에게 물었다.

'그는 나에게 어떤 친구지?'

담임선생님이 내 머릿속에 칩을 심어놓은 게 확실했다.

나는 결혼을 했을 때는 '어떤 남편이 되어야 할까?'를, 아들이 태어났을 때는 '어떤 아빠가 되어야 할까?'를 반복해서 묻고 또 물었다. '어떤'이란 두 글자는 이제 나에게만 던지는 질문이 아니라 아들에게로 확장되었다. 아들이 고등학교로 올라가던 무렵, 나는 이렇게 물었다.

"승준아, 너는 어떤 공부를 하고 싶어?"

그러자 아들이 가만 생각하더니 말했다.

"아빠, 나는 하나의 문제에 여러 개의 답이 있는 게 싫어."

그 이야기를 들으며 나는 이 아이가 문과 성향은 아니라는 걸 알게 되었다. 그간 내가 해온 인간에 대한 공부는 하나의 문제에도 답이 무수히 열려 있는 세계였다. 반면 아들은 수학과 과학에 흥미를 보였고, 대학도 공대로 진학했다. 돌이켜보면 고등학교에 들어갈 무렵, 아들의 진로는 이미 '어떤'이라는 두 글자에 의해 방향이 정해져 있었던 셈이다.

'나는 어떤 삶을 살아가고 싶은가?'

내 삶에서 나에게 가장 많이 던진 질문이다. 교수나

상담사는 직업이지 꿈이 아니다. 꿈은 '어떤 교수, 어떤 상담사가 되고 싶은가'의 영역에 있다. 이는 '어떤 삶을 살고 싶어 하는가'라는 질문에서 파생된다. 먼저 내가 살고 싶은 삶이 어떤 삶인지를 묻고, 그에 답하는 과정에서 자연스럽게 선택되는 삶의 수단이 직업인 것이다.

나는 복잡하고 어려운 사람의 마음 문제를 시원하게 풀어주는 삶을 살고 싶었다. 어려운 퀴즈를 끙끙거리며 풀다가 마침내 답을 찾아냈을 때의 쾌감을 평생 느끼며 살고 싶었다. 그 삶을 가능케 하는 직업을 떠올려보니 사람을 가르치는 선생님이나 고통받는 사람들의 마음을 풀어주는 상담사가 가장 잘 어울렸다.

나는 교수가 되었고, 상담사도 되었다. 그러나 교수로 있든, 상담사로 있든 내가 하는 일은 사실 똑같다. 복잡하고 어려운 마음의 본질을 찾아내고, 꼬인 관계의 막힌 지점을 찾아내서 원리로 만들고, 공식처럼 풀어 돌려주는 일이다. 즉, 꽉 막힌 마음과 답답한 관계를 조금은 편안하게, 조금은 시원하게 풀어주는 일이다.

앞으로도 나의 질문은 멈추지 않을 것이다.

'나는 어떤 삶을 살고 싶지? 그 삶을 위해 나는 어떤 사람이어야 할까?'

가끔 이런 생각을 한다. 나는 억수로 운이 좋은 사람이라고. 초등학교 3학년 때 만난 담임선생님 덕분에 평생 이 질문을 품고 나를 가꿀 수 있었으니 말이다.

'나는 어떤 사람이고 싶은가?'

이 질문은 남은 생을 통해 내가 어떤 사람으로 남을 것인지를 결정해갈 것이다.

에베레스트산이 제일 높은 이유

에베레스트산은 해발 8,848미터로, 세계에서 가장 높은 산이다. 나는 가끔 학생들에게 이런 질문을 던진다.

"에베레스트산이 제일 높은 이유는?"

그러면 이런저런 대답이 돌아온다.

"원래 높으니까요."

"다른 산이 낮아서요."

그때 나는 답을 말해준다.

"에베레스트산이 제일 높은 이유는 히말라야산맥이 받쳐주기 때문이야."

에베레스트산은 수목한계선 4,000미터에 이르는 히

말라야산맥 위에 있다. 이미 높은 지반 위에 4,848미터를 더 솟아올랐기에 세계 최고봉이 될 수 있던 것이다.

요즘 화제가 된 넷플릭스의 〈흑백요리사〉를 보다가 알게 된 것이 있다. 최고의 요리사는 기발한 아이디어만으로 될 수 없다는 사실이다. 탄탄한 실력이 받쳐주고, 그 위에 새로운 시도가 더해질 때 비로소 정상에 오를 수 있다. 요리뿐 아니라 모든 분야의 장인들이 그렇다. 한 분야에 미친 듯이 쌓아 올린 시간이 단단한 산맥을 이루고 있을 때, 비로소 독보적인 한 사람이 탄생한다. '신궁'이라 불리는 한국의 양궁 역시 마찬가지다. 세계에서 가장 오랜 시간 화살을 쏘아온 축적된 연습 시간이 누구도 쉽게 넘볼 수 없는 든든한 산맥이 되어주었다.

에베레스트산 정상에 오르고 싶다고 해서 아무나 올라갈 수 있는 것은 아니다. 그 이유는 대부분 중간에 포기하기 때문이다. 산맥을 만들어가다 멈추는 순간 최정상의 자리는 저만치 멀어져버린다.

유튜브에서 미국 대학 입시를 설명하는 한 전문가의

이야기를 들은 적이 있다. 그는 고등학교 성적 GPA가 4.0 만점인 학생과, 아슬아슬하게 0.1 모자란 3.99인 학생의 차이는 결코 작은 차이가 아니라고 했다. 4.0인 학생은 아무리 어려운 과목을 만나도, 어떤 장애가 있어도 끝까지 포기하지 않는 근성을 지닌 경우가 많다는 것이다. 이에 비해 3.99인 학생은 어느 순간 한 번은 포기할 가능성이 크다고 했다. 나는 그 말에 깊이 공감했다. 작은 차이는 종종 아주 큰 차이가 되기도 하니까 말이다.

우리는 어려움 앞에서도 포기하지 않는 마음을 '인내'라 부른다. 결국 대가가 되느냐, 되지 않느냐의 갈림길에는 언제나 인내가 자리하고 있다. 그래서 '인내는 쓰지만 그 열매는 달다'라는 말도 있지 않은가.

초등학교 때 공부를 잘하던 아이가 대학을 졸업할 때까지도 공부를 잘하는 이유는 머리가 좋아서만은 아니다. 인내하는 습관이 몸에 배어 있기 때문이다. 이런 사람은 취업을 해도 일을 잘하며, 결혼해 아이를 기를 때도 책임감 있게 잘 해낸다.

사람들은 흔히 누군가의 결과만 보고 부러워하는 마음을 갖는다. 그리고 타고난 탁월함이 그들을 그 자리에 올려놓았다고 말하며, 자신은 그런 DNA를 타고나지 못했다고 불평한다. 하지만 조금만 가까이 다가가 그 과정을 들여다보면 상상을 초월하는 노력으로 자신만의 히말라야산맥을 탄탄히 쌓아 올려왔다는 사실을 알게 된다. 그렇다. 연습벌레만이 놀라운 결과를 만들어낼 수 있는 것이다.

내가 올해 만든 대학교에서 교수를 선발하는 기준은 단 하나, '각자만의 히말라야산맥을 가지고 있는가'였다. 현재의 사회적 성취가 요행이나 인맥에 기대어 얻어진 것이 아니라, 얼마나 오랜 시간 스스로의 노력으로 쌓아 올린 결과인지를 기준으로 삼았다. 음악교수로 임용된 에드윈 킴 교수는 세계적인 피아니스트다. 그는 박사학위를 받을 때까지 친구들 사이에서 '연습에 미친 아이'로 불렸다고 한다. 한번 연습실에 들어가 피아노를 치기 시작하면 늦은 밤이 되어서야 모습을 드러냈다는 것이다.

그의 저서 《피아노를 끌어안고 자고 싶던 아이》라는 제목만 봐도, 어린 시절부터 피아노라는 산맥을 만들기 위해 얼마나 모든 것을 쏟아부었는지 짐작할 수 있다.

하고 싶다고 해서 되는 일이라면 세상은 얼마나 쉬운 곳인가. 하고 싶다는 마음은 출발선에 서는 일에 불과하다. 나만의 히말라야산맥을 미친 듯이 쌓아 올릴 때 세상은 비로소 '최고'라는 자리를 허락한다.

내 인생을 직접 디자인하는 기쁨

앞서 소개했듯 얼마 전 나를 포함한 각 분야의 전문가 일곱 명이 모여 하나의 대학교를 만들기로 뜻을 모았다. 졸업장도, 자격증도 아닌 진짜 공부를 하고 싶어 하는 마흔 살 이상의 사람들을 위해 공부의 장을 열기로 한 것이다. 우리는 겁도 없이 '대학교'라는 이름을 걸고 학생을 모집했다. 모집 방법도 특이했다. 교수 한 사람이 두 명의 학생을 직접 초청하는 방식으로 학생들을 모았다. 세상에 없는 대학을 만들자고 약속한 우리는, 파일럿 수업으로 6주짜리 강의를 운영했다.

매주 한 명의 교수가 자신의 전공 주제로 짧은 강의를

하면, 다른 교수들이 차례로 나와 그 주제에 대한 의견을 나누고 토론했다. 예를 들어, 과학 교수가 시간을 주제로 뉴턴과 아인슈타인, 닐스 보어의 이론을 설명하면, 심리학 교수는 심리학에서 바라보는 시간에 대해 이야기하고, 철학 교수는 철학의 관점에서 시간을 풀어냈다. 이렇게 하나의 주제를 두고 다양한 전공 교수들의 시선이 오간 다음, 학생들의 질문과 의견이 자유롭게 이어졌다.

신선한 수업 방식에 학생들도 즐거워했지만, 사실 더 재밌어하고 흥분한 쪽은 교수들이었다. 매 수업마다 모든 교수가 한 교실에 모이는 것 자체도 놀라웠지만, 하나의 주제를 각자의 시선으로 풀어내는 경험은 그보다 더 놀라운 일이었다. 자기 전공에만 머물다 자칫 우물 안 개구리가 될 뻔했던 삶이 확장되고 깊어지는 경험은 교수들을 충분히 들뜨게 했다.

교수인 우리가 이렇게 좋아하는 이유는 분명하다. 무엇에도 구애받지 않고 원하는 것을 스스로 만들어갈 수 있다는 가능성 때문이다. 어떤 걸림도 없이 원하는 것을 직접 만들어가는 일은 참으로 살맛 나게 한다. 이는 개인의 삶에서도 적용할 수 있다. 외부의 기준이 나를 규정하는 삶이 아니라, 내 안의 것이 바깥세계를 만들어가는 삶을 살아야 한다.

밖에서 안으로 들어오는 것이 '자극'이고, 안에서 밖으로 나가는 것이 '자각'이다. 오늘날 우리는 역사상 가장 극단적인 과잉 자극의 시대를 살고 있다. 지하철을 타도, 길을 걸어도 자극이 없으면 견디지 못해 손으로 휴대폰 화면을 휙휙 위로 올리며 다음, 그다음 자극에 집중한다. 톡으로 자극을 주고받으며 헤헤헤 웃고, 그렇게 하루를 열고 닫는다. 버스를 기다리면서 자극을 찾고, 버스에 타서도 자극을 이어가며, 버스에서 내려 걸어가면서까지도 자극을 받아들인다. 이제는 자극이 없는 삶을 상상하기조차 어렵다. 어쩌다 휴대폰을 찾지 못하면 머릿속이 하얗게 변하는 지경에 이르렀다. 내가 휴대폰인지, 휴대폰이 나인지 분간이 안 된다. 그만큼 휴대폰은 어느새 나의 아바타를 넘어 나 자신이 되어버렸다.

우리가 이토록 잠시도 자극 없이는 가만히 있지 못하

게 된 이유는, 내 안에서 무언가를 만들어내지 않기 때문이다. 더 정확히는, 힘을 들여 만들어내고 싶어 하지 않기 때문이다.

자각은 언제나 자극의 부재에서 태어난다. 산허리를 휘감는 구름을 가만히 보고 있을 때나, 파도 소리를 들으며 멍하니 앉아 있을 때 문득 생각을 하기 시작한다. 그리고 그 생각의 끝에서 크고 작은 자각이 일어난다. 복잡한 재래시장보다 시냇물 소리만 들리는 산속에서 자각이 더 자주 일어나는 이유도 여기에 있다. 자극이 적을수록 내면은 풍성해지고, 자극이 많을수록 내면은 오히려 초라해진다.

대하소설 《토지》를 평생에 걸쳐 써낸 박경리 선생은 불필요한 자극이 거의 없는 강원도 시골에 정착해 일부러 심심한 삶을 살았다. 그리고 그 심심한 일상 속 자각의 축적 끝에 위대한 대작을 완성했다. 가장 많은 자극 속에 살 것처럼 보이는 빌 게이츠 역시 다르지 않다. 그는 마이크로소프트 CEO 시절부터 1년에 두 번가량 약

일주일을 'Think Week'로 정하여 숲이나 호숫가에 있는 외딴 별장에 혼자 머물렀다. 전화와 회의, 인터뷰를 모두 차단한 채 읽고, 메모하고, 생각하는 데에만 집중하기 위해서였다. 그는 "평소 업무에 쫓기면 큰 그림을 볼 시간이 없다"며 의도적으로 자극을 완전히 차단한 공간으로 자신을 밀어 넣었던 것이다.

나 역시 텔레비전도, 라디오도 없는 깊은 산속 암자에서 살았던 5년을 되돌아보면 그 시절만큼 자각이 왕성한 때가 없었다. 스님의 예불 목탁 소리만 들리는 그 고요 속에서, 나는 솟아오르는 생각들을 따라 살아온 날들을 반추하는 즐거움으로 하루하루를 보냈다. 그 심심한 일상이 재미있어서 5년이란 시간이 5일처럼 짧게 느껴졌다. 그것은 철저히 자극을 차단한 채 자각의 세계에 머물렀기 때문이다.

결혼한 뒤로 나는 아이에게도 되도록 심심한 시간을 만들어주려고 노력했다. 심심해야 혼자 생각도 하고, 상상도 하고, 스스로 재미있는 일을 찾아 몰두할 수 있다고 믿었기 때문이다. 그렇게 자란 아들이 어느덧 대학생이 되었다. 아들은 학교에서 포트폴리오 만드는 과제를 받으면 대부분의 시간을 가만히 생각하는 데 쓴다고 한다. 어떤 과제든 일정 시간 동안 한 주제에 지긋이 정신을 집중해야만 제대로 된 결과가 나온다는 것을 알고 있기 때문이다.

생각한다는 것은 일정 시간 동안 주의를 기울이고 그 끝에 찾아오는 짜릿한 자각을 경험하는 일이다. 모두가 자극에 심취해 있을 때 자각에 몰입하는 삶을 선택하는 것 역시 이 시대를 잘 살아가는 하나의 방법일 수 있다. 내 인생을 내가 직접 디자인하며 느끼는 큰 기쁨을 "다들 이렇게 산다"고 하는 자극의 속삭임에 쉽게 넘겨주지 말아야 한다.

올해의 인물상

연말이 되면 내가 꼭 챙기는 나만의 행사가 있다. 한 해 동안 나에게 좋은 영향력을 준 다섯 사람을 선정해 감사 인사와 선물을 전하는 일이다. 나는 작년 말에도 어김없이 다섯 명을 선정해 톡으로 축하 메시지를 보냈다.

선생님께서는 2025년 한 해 동안 이서원에게 좋은 영향을 주신 다섯 분 가운데 한 분으로 선정되셨습니다. 축하드립니다. 그리고 감사드립니다.
감사의 마음을 담아 자그마한 2026년 다이어리를 선물하고자 합니다. 마음에 드는 색상과 받으실 주소를 알려주시면 보내드리도록 하겠습니다.

감사합니다.

이서원 드림

이런 메시지를 받고 싫어하는 사람을 나는 아직 한 번도 보지 못했다. 거의 예외 없이 자신이 다섯 사람 안에 포함되었다는 사실만으로도 크게 기뻐한다. 한 분은 이렇게 답을 보내주셨다.

아이쿠, 제가 선정되다니 너무 기쁩니다. 그런데 교수님이야말로 올해에도 제게 가장 큰 가르침과 통찰을 나누어주신 분입니다. 선물로 준비해주신 다이어리는 감사한 마음으로 받겠습니다. 마음에 드는 색상은 붉은색, 청색, 베이지 순이지만, 어떤 색을 보내주시든 감사히 쓰겠습니다. 좋은 주말 보내십시오.

그분은 나중에 만나 식사를 하게 되면 꼭 자기가 대접하겠다는 말도 잊지 않는다. 그렇게 우리는 세상에서 가장 따뜻한 식사를 하고, 다음 한 해 동안 더 각별한 사이가 된다.

이렇게 차곡차곡 쌓인 인연은 나에게 하나의 우주가 된다. 나는 우주가 밤하늘에만 있는 게 아니라 인연으로 이루어진 또 하나의 세계로도 존재한다고 믿는다. 내가 만들어온 인연의 우주가 아름다운 사람들로 채워질수록 나의 삶 역시 더 아름다워지고 더 행복해진다.

사람은 누구나 누군가에게 도움이 되고 싶은 마음을 품고 산다. 그리고 그 마음으로 크고 작은 선행을 한다. 하지만 내가 한 일이 실제로 그 사람에게 얼마나 도움이 되었는지는 대개 알기 어렵다. 굳이 이야기해주지 않는 경우가 많기 때문이다. 그래서 좋은 일을 하면서도, 내가 정말로 좋은 일을 하고 있는지 실감하지 못한 채 지나가곤 한다.

그런데 누군가 "당신이 나에게 해준 일이 내 삶에 가장 큰 도움이 되었다"고 말해준다면 이야기는 달라진다. 그 한마디만으로 나의 선행이 어떤 의미였는지 증명되기 때문이다. 이런 경험을 가장 간단하면서도 확실하게 만드는 방법이, 바로 한 해 동안 나에게 좋은 영향력을 준 다섯 사람을 선정하는 일이다.

다섯 사람을 선정하는 과정은 생각보다 매우 드라마틱하고 흥미롭다. 최종 다섯 명을 정하기 전, 내 마음속에는 수십 명의 얼굴이 차례로 떠오른다. 그때 나는 한 명씩 나에게 어떤 좋은 영향을 주었는지를 돌아본다. 그러다 보면 미처 생각지 못했던 고마움이 밀려오고, 내 안에 그 사람의 가치와 따뜻함이 선명해져 자꾸 미소를 짓게 된다.

'그래, 맞아. 이분은 이런 좋은 영향을 내게 주었지.'

'이분은 오랫동안 이런 방식으로 나를 도와주었어.'

그런 혼잣말 속에서 살며시 행복이 스며든다. 최종적으로 다섯 분을 선정하는 순간에는 청룡영화제 대상자를 뽑는 것처럼 가슴이 떨리고 설레기까지 한다. 마침내 모두 정하고 나면 나도 모르게 "야호!" 하고 탄성이 터져 나온다. 작년에도 이름을 올렸던 분이 올해 또 한 번 선정되면, 마음 깊은 곳에서부터 진한 고마움이 차오른다.

'다섯'이란 숫자는 매력적이다. 열 명이면 너무 많아 소중함이 덜하고, 세 명이면 왠지 더 잘하라는 소리처럼 들려 괜히 부담스럽다. 하지만 다섯 명 가운데 한 명이라는 위치는 적당히 즐겁고, 적당히 부담스러워서 좋다.

이 행사가 가진 또 하나의 매력은 '나는 과연 어떤 사람에게 좋은 영향을 주었을까'라는 질문을 던지게 만든다는 것이다.

'다른 사람은 몰라도 그 사람만큼은 내가 좋은 영향을 주었다고 생각할 거야.'

이렇게 다섯 명쯤을 떠올려보는 일은 나만의 은밀한 즐거움이다. 나는 올해 그런 사람들을 떠올려보다가 슬쩍 한 번씩 물어보았다. 올해 내가 당신에게 어떤 사람이었는지를. 그러자 이구동성으로 이런 답이 돌아왔다.

"선생님 덕분에 제 삶이 조금 더 편해졌고 조금 더 나아졌습니다."

그 말을 듣고 나니 물어보길 참 잘했다는 생각이 들었다. 그중 몇 사람과는 자연스레 식사 약속도 잡았다. 나에게 좋은 영향을 준 다섯 사람을 선정하면서, 내가 좋은 영향을 준 다섯 사람을 함께 떠올리는 일은 이 행사의 덤이다.

사람은 서로 나쁜 영향을 주고받기도 하지만, 가끔은 서로 좋은 영향을 주고받기도 한다. 그렇다면 나쁜 영향은 뒤로 미뤄두고, 좋은 영향은 앞으로 끌어당겨 뜻 있는 행사를 하나 만들어보는 것도 인생을 즐겁게 사는 방법일 것이다. 인생이 우리를 힘들게 하는 것이 아니라 우리가 인생을 힘들게 살아갈 뿐이다. 가끔 산소 같은 행사를 하나쯤 해보면 어떨까. 퍽퍽하던 일상이 조금은 포근해지지 않을까.

아름다움은 보는 사람 눈에 있다

아무리 신비한 풀이라도 제대로 알지 못하면 독초가 되고, 잘 알면 약초가 된다. 독초인지 약초인지 결정하는 것은 풀이 아니다. 풀은 그저 풀일 뿐이다. 그것을 어떻게 보고, 언제 어디에 쓰느냐에 따라 약초가 되기도 하고, 독초가 되기도 한다. 그러므로 독초와 약초를 결정하는 것은 풀이 아니라 풀을 볼 줄 아는 사람의 눈이다.

대학생 시절, 나는 4년 내내 야학교사로 지냈다. 내가 일하던 야학교는 교회 2층에 있었는데, 그 교회 앞마당에는 작은 고추밭이 있었다. 그래서 주말 예배를 마치고 나면 고추를 따서 국수에도 넣고, 반찬으로도 만들어 먹곤 했다. 한번은 한 집사님이 자신이 색맹이라는 사실을 감추다 결국 들통난 적이 있었다. 붉은 고추를 따와야 하는데 자꾸 시퍼런 고추만 따왔기 때문이다. 이런 일이 몇 번 반복되자 눈치 빠른 목사님이 집사님께 눈이 괜찮으냐고 물었고, 끝내 집사님은 사실을 털어놓았다. 문제는 고추가 아니었다. 고추의 색을 분간하지 못했던 집사님의 눈이었다.

무언가를 제대로 볼 줄 아는 눈을 가진 사람이 일으키는 파급 효과를 잘 보여주는 예화가 있다.

옛 중국 송나라 시대에 손이 잘 트지 않게 하는 특이한 약을 지닌 사람이 있었다. 그는 대대로 솜을 빨고 만드는 일을 해온 집안 출신인데, 그 약을 손에 바르면 추위가 심한 겨울에도 손이 트지 않아 힘든 일을 거뜬히 해나갈 수 있었다.

그러던 어느 날, 한 나그네가 이 약의 소문을 듣고 찾아와 이렇게 말했다.

"이 약을 만드는 법을 가르쳐주면 금 백 냥을 드리겠

습니다."

큰돈을 벌 수 있다는 말에 마음이 흔들린 그는 가족과 친척들을 모아놓고 의논했다. 결국 약 만드는 법을 팔기로 결심했고, 나그네는 곧장 그 비법을 배우게 되었다. 나그네는 그 약의 제조법을 가지고 오나라 왕을 찾아갔다. 그리고 이렇게 말했다.

"이 약을 군사들의 손에 바르게 하면, 겨울 전투에서도 손이 트지 않고 동상에 걸리지 않을 것입니다."

오나라 왕은 그 말을 받아들였다. 군사들은 그 약을 바르고 전투에 나갔고, 추위로 인한 피해가 줄어들어 전쟁에서 승리할 수 있었다. 왕은 그 나그네에게 높은 벼슬과 많은 땅으로 보답했다.

손이 트지 않는 약을 만든 사람은 금 백 냥을 버는 데 그쳤다. 반면 그 약의 커다란 가치를 알아본 나그네는 높은 벼슬과 많은 땅을 얻었다. 사물의 가치를 제대로 볼 줄 아는 눈이 결국 운명을 바꾼 것이다.

세상을 잘 살아가려면 무엇보다 안목을 키우는 일이

중요하다. 그렇게 하기 위한 가장 손쉬운 방법은 나 자신의 가치를 바라보는 눈을 기르는 것이다. 가만히 들여다보면 누구에게나 스스로 감탄할 만한 미덕이 하나쯤은 반드시 있다. 그 미덕을 발견하고 인정하는 순간 사람을 바라보는 눈도 열리기 시작한다. 이것이 점차 확장되면 타인의 가치를 알아보는 안목으로 이어진다. 아름다움은 사물 그 자체에 있는 것이 아니라 그것을 알아볼 줄 아는 사람의 눈에 있다. 이 사실을 깨달을 때, 우리는 안목 높은 사람이 될 수 있다.

고마운 사람과 이별하는 예의

일본의 한 장례 문화인 '세이젠소生前葬'는 말 그대로 생전장례식, 즉 '사람이 살아 있을 때 스스로 여는 장례식'을 말한다. 사후에 장례를 치르는 우리 문화와는 사뭇 다른 방식이다. 한번은 일본 대기업 고마쓰의 전 대표 안자키 사토루安崎曉가 신문에 생전장례식 광고를 실어 일본 사회에 큰 반향을 일으킨 적이 있었다.

2017년, 안자키 사토루는 말기 암 진단을 받은 뒤 생전장례식을 열겠다는 광고를 냈다. 40여 년 동안 신세진 이들, 그리고 여생을 같이 보내고 싶은 사람들에게 살아 있을 때 감사의 마음을 전하고 싶다는 이유에서였다. 신문 광고에는 이런 문장이 적혀 있었다.

'제 장례식에 초대합니다. 평상복을 입고 참석해주세요. 조의금은 받지 않습니다.'

당시 그는 온몸에 암이 전이돼 수술이 불가능하다는 판정을 받은 상태였고, 아픈 몸으로 버티며 사는 건 의미가 없다는 생각에 연명 치료도 거부하고 있었다. 그래서 그는 살아 있을 때 직접 감사 인사를 전하기로 마음먹고 생전장례식을 열기로 한 것이었다.

그로부터 약 3주 뒤 그의 생전장례식이 열렸고, 회사 관계자와 동창, 지인 등 천여 명이 참석했다. 그는 휠체어를 타고 모든 테이블을 돌며 참석자들과 일일이 악수를 나누고, 감사의 편지를 건넸다.

얼마 전 나는 임종을 앞둔 아흔이 넘은 어머니를 걱정하는 한 수녀님과 상담을 한 적이 있다. 수녀님은 수많은 이의 마지막 길을 함께한 경험이 있지만, 막상 자신의 어머니가 임종을 앞두자 어떻게 보내드려야 할지 망설여진다고 했다. 최대한 자주 내려가 손을 잡아드리고,

안아드리며 어머니와 함께 시간을 보내고는 있지만, 어머니가 언제 떠나실지 모른다는 생각에 불안해진다고도 했다.

나는 그런 수녀님께 일본의 생전장례식 이야기를 들려드렸다. 그리고 가족들이 요양원에 계신 어머니께 마지막으로 드릴 수 있는 예의가 어쩌면 생전장례식일 수도 있지 않겠느냐고 조심스레 말씀드렸다. 어머니도 자식들에게 마지막으로 전하고 싶은 말을 할 수 있고, 반대로 자식들 역시 어머니께 미처 하지 못했던 말을 건네기도, 또 들을 수 있는 자리를 마련하는 게 어떻겠느냐고.

일흔을 앞둔 수녀님은 내 말을 듣고 고개를 끄덕이며 잠시 생각에 잠기셨다. 며칠 후 수녀님은 뜻을 함께하는 수도자들과 함께 어머니가 계신 요양원으로 내려간다는 소식을 전해주셨다.

> 내일은 생전장례식을 하러 논산에 갑니다. 어머니가 수녀 딸 혼자 두고 가는 게 걱정되셔서 눈 못 감으실까 봐 동기 수녀님들과 신부님과 함께 모여 기도하고, 어

머니 좋아하시는 성가 불러드리려고요. 물론 신부님의 병자성사도 있습니다. 내일은 은혜로운 날이 될 것 같습니다. 생전장례식을 알려주신 교수님, 감사합니다.

죽음을 거부할 수는 없지만, 적어도 '나답게' 마무리하겠다는 선택만큼은 내가 할 수 있다. 그것마저 내가 하기 어려운 상황이라면 가까운 가족이 대신해줄 수도 있다. 수녀님이 용기를 내어 동기 수녀님과 신부님에게 부탁한 덕분에, 어머님은 살아생전에 가장 소중한 분들로부터 따뜻한 사랑과 작별 인사를 받을 수 있었다.

그 후 생전장례식을 다녀온 수녀님은 나에게 마음을 전해주셨다.

어머니께 다녀왔습니다. 교수님께 깊은 감사의 마음을 전합니다.

생전장례식이 이런 거구나 싶었습니다. 동기 수녀님들과 신부님의 기도, 병자성사와 영성체, 그리고 어머니의 평화와 감사 넘치는 모습. 참 은혜로웠어요. 동기 수녀님들이 먼저 서울로 간 후에 저는 면회 오신 이모님 댁 식구들과 다시 한번 의미 있는 시간을 보냈습니다. 증손주와 증손녀까지 영상통화로 어머니와 따스한 인사를 나누었답니다.

어머니와의 이별을 이렇게 온 마음 다해 준비해본 적이 없었습니다. 다시 한번 저희 어머니와 저에게 깊은 평안과 이별을 받아들일 수 있도록 생전장례식을 권해주신 교수님께 감사드립니다.

메시지를 읽으며 나 역시 작년에 엄마를 떠나보냈던 시간이 떠올랐다. 우리도 생전장례식을 했다. 엄마는 돌아가시기 이틀 전, 가족들을 모두 보고 싶다고 하셨다. 사위와 며느리, 손주까지 모든 가족이 병원에 모여 몇 시간 동안 엄마와 손을 잡고, 뺨을 맞대며 사랑하고 고마웠다는 말을 한 사람씩 건넸다. 엄마는 따스한 눈빛으로 한 명 한 명의 마지막 말을 들었다. 그렇게 자신이 배 아파 낳은 자식들이 둥그렇게 둘러앉은 가운데 마지막 마음을 나누었고, 다음 날 편안하게 눈을 감고 하늘나라로 떠나셨다. 우리는 슬퍼했다. 그러나 우리 마음에 남은 것은 복받치는 슬픔이 아니라, 따스하게 차오르는 슬픔이었다.

죽음은 누구에게나 예외 없이 다가온다. 나는 그 순간을 앞두고 당황한 채 허둥지둥 생을 마감하고 싶지 않다. 살면서 고마웠던 사람들에게 이번 생 동안 당신 덕분에 참 행복했다고 직접 인사하고 싶다. 그래서 엄마의 생전장례식과 수녀님의 생전장례식을 경험하고 난 후, 나는 아내, 아들과 식사를 하며 훗날 나 역시 생전장례식을 치르고 싶다는 마음을 진지하게 전했다. 하고 싶은 말이 있어도 죽은 뒤에는 전할 수 없으니까.

사람은 만날 때뿐 아니라 헤어질 때도 예의가 필요하다. 세상을 떠나기 전에 남아 있는 사람들에게 고맙다는 인사를 나누는 생전장례식은 어쩌면 우리가 이 생에서 마지막으로 할 수 있는 가장 아름다운 행위일지도 모른다.

자기 철학을 위한 다섯 번째 질문들

하늘에서 누군가 내 삶을 계속 지켜보고 있었다면 나에게 어떤 상을 주고 싶을까. 그리고 과거의 내가 지금 나에게 상을 준다면 어떤 상을 줄지 생각해보자. 만약 미래의 나에게 상을 준다면 어떤 상을 주고 싶은지도 떠올려보자.

1. 하늘에서 내가 살아온 삶을 보고 상을 준다면 무슨 상일까?

....

....

2. 과거의 내가 지금 나에게 상을 준다면 무슨 상일까?

....

....

3. 미래의 나에게 상을 준다면 무슨 상을 주고 싶은가?

....

....

4. 가족들이 나를 '올해의 인물'로 선정했다면 무엇 때문일까?

....

....

오십, 자기 철학이 필요한 나이

내 삶에 의미 있는 질문을 던지고 싶은 당신에게

초판1쇄 인쇄 2026년 3월 3일
초판1쇄 발행 2026년 3월 15일

지은이 이서원
발행인 손은진
개발책임 김문주
개발 김민정 정은경
제작 이성재 장병미
마케팅 배미영 강보현
디자인 채홍디자인

발행처 메가스터디(주)
출판등록 제2015-000159호
주소 서울시 서초구 효령로 304 국제전자센터 24층
대표전화 1661-5431 (내용 문의 02-6984-6892 / 구입 문의 02-6984-6868,9)
홈페이지 http://www.megastudybooks.com
출간제안/원고투고 메가스터디북스 홈페이지 <투고 문의>에 등록

ISBN 979-11-297-1735-1 (03810)

땡스B

'땡스B'는 메가스터디㈜의 인문·교양 전문 출판 브랜드입니다.
보통사람들의 성찰과 성장을 돕는 콘텐츠를 발굴하고 감각적으로 담아냅니다.